FOLIO POLICIER

Peter Loughran

Londres Express

Traduit de l'anglais
par Marcel Duhamel

Gallimard

Titre original :

THE TRAIN RIDE

Cet ouvrage a été initialement publié par Secker & Warburg, Londres.

Né en 1938 à Liverpool, Peter Loughran prétend avoir exercé une centaine d'emplois qui l'ont conduit dans le monde entier : assistant de laboratoire, garde du corps, docker, professeur de langues…

Londres Express, « ouvrage insaisissable, impossible à cataloguer » selon Marcel Duhamel, est son unique livre paru en France.

AVANT-PROPOS

Avant d'inclure le présent livre dans la Série Noire, nous avons longuement hésité, pesé le pour et le contre et cherché à déterminer exactement la portée et surtout les origines d'un pareil débordement. Sans succès, il faut bien l'avouer. Un psychanalyste y retrouverait peut-être ses petits. Nous pas.

Le narrateur est un personnage absurde, philosophard, hyper-obsédé, plus velléitaire et lamentable qu'un Walter Mitty de banlieue — d'une naïveté et d'une rouerie désarmantes et d'une irrésistible cocasserie. Il est aussi sincère quand il met en accusation — et avec quelle véhémence ! — la Société, la Religion et l'Ordre établi que lorsqu'il attaque violemment leurs détracteurs. Et s'il en arrive à commettre une abomination, c'est aussitôt pour s'identifier à sainte Agnès et s'ériger en martyr.

Bref un ouvrage insaisissable, impossible à cataloguer.

Plutôt que de faire de l'incertitude nos délices,

nous avons décidé que tout valait mieux que l'immobilité et nous avons plongé.

Au lecteur de nous sortir de notre dilemme et de nous dire s'il y avait de l'eau.

M. D.

J'étais très en avance quand je suis arrivé à la gare. La grosse horloge, sous la verrière, marquait onze heures vingt, et le train ne partait qu'à midi moins dix, alors j'ai décidé d'aller faire un petit tour dehors, histoire de passer le temps. Déjà, quand tout va bien, ça me met les nerfs en pelote d'avoir à poireauter mais, dans l'état où j'étais, il y avait de quoi devenir enragé. Je suis donc allé me baguenauder pour tuer le temps.

Mais, d'abord, j'ai pris mon billet et je me suis renseigné sur le numéro de quai du train de Londres, après quoi je suis sorti voir un peu à quoi ressemblait le patelin. C'était beaucoup mieux, dehors : un trafic terrible, des tas de gens sur les trottoirs, ça remuait, ça vivait. C'est ça que j'aime, moi : quand ça bouge. Quand il y a de l'animation. Autrement, quand c'est mort, ça me flanque le noir.

Des pipes ? M'en restait que cinq, alors j'en ai acheté un paquet de vingt au petit stand, un peu plus loin dans la rue. Abominablement chères, les cigarettes, à terre. En mer, on les a au quart du prix

— un shilling les vingt — et deux fois plus fortes, notez bien. Ce qu'on vous vend, à terre, ça n'a jamais été du tabac ; c'est un mélange de rognures, de poussières et de balayures, pas autre chose.

Boire un verre ? Je passais justement devant un pub ouvert et je m'apprêtais à pousser la porte. Et puis, je me dis : « Oh ! À quoi ça rime ? » et j'ai continué mon chemin sans rien prendre. D'abord, y avait un wagon-bar dans le train pour le cas où j'aurais la pépie et, de toute façon, l'idée de me taper de la bière me disait rien du tout ; j'avais les tripes trop retournées avec tout ce que j'avais lampé la veille.

Si y a une chose que je ne peux pas supporter, c'est la gueule de bois. En me réveillant ce matin, j'avais le crâne fendu en quatre, la bouche plus amère que de la sueur de chimpanzé, et les lèvres enflées comme des saucisses, du gnon que m'avait filé l'autre patate. En plus de ça, je m'étais levé en retard — dix heures et demie. En fait j'aurais dû prendre l'express du matin pour arriver à temps au boulot sur le bateau. Mais j'étais trop claqué pour me lever à cette heure-là, ce qui fait que j'avais pris le train de midi.

J'ai bien cru que ma tête allait se décrocher toute seule quand je me suis levé. L'autre type, là-bas, au Foyer, il m'avait offert un coup de whisky, un remède à tout casser, d'après lui. Mais moi, la gnôle pour le mal aux cheveux, comme traitement, j'ai jamais été chaud ; on se sent pire qu'avant. Non, c'est le café noir qui me réussit le mieux. Et c'est ce que j'avais bu ce matin-là, au Foyer du Marin, avant de venir prendre mon train, rien qu'une tasse de café noir et tout de suite, ça m'avait remis d'aplomb. Les autres matafs, eux, ils enfournaient des plâtrées d'œufs au bacon nageant dans la graisse avec des piles de pain grillé et de toasts tout dégoulinants. Bon Dieu ! Je sais pas comment ils peuvent bouffer des trucs pareils. À les voir, j'ai failli dégobiller.

Je demande un café au comptoir et la serveuse me fait :

— Vous prenez quelque chose à manger avec ?

— Non, merci, je lui réponds. Un sandwich à l'aspirine, c'est tout.

Elle me guigne d'un drôle d'air :

— Tiens, on joue les petits marrants, maintenant ? Vous étiez moins faraud quand vous avez échoué ici à trois heures, ce matin, j'ai l'impression.

Ça me tape sur le système qu'on me rappelle dans quel état j'étais, cette nuit. Quelqu'un a dû passer le mot et maintenant ils vont pas rater une occasion de m'emboîter.

— Assez de salades, voulez-vous, et passez-moi mon café.

Elle obéit, mais c'est tout juste si elle ne me le flanque pas en pleine figure, la garce !

Il est midi moins vingt-cinq quand je rentre dans la gare.

Pour attraper le train, faut longer tout le quai, passé les vaters, et tourner au coin du kiosque à journaux. Je m'arrête devant — le kiosque, pas les vaters — histoire d'acheter un truc à lire, bien qu'entre nous il y ait des masses de choses intéressantes à lire dans les vaters, sur les murs et derrière les portes. Des poèmes et des trucs, avec une flopée de chefs-d'œuvre inconnus dans le lot, en plus.

Les types qu'ont la charge des toilettes publiques, ça fait des années qu'ils cherchent à se débarrasser de ces graffiti. Ils les frottent, les brossent, les grattent, les râpent, les récurent, les décapent, les repeignent — toujours à l'affût du produit miracle qui empêchera les gens d'écrire dessus. Peinture, céramique, plâtre, plastique, surfaces lisses, râpeuses, noires, blanches... des milliards, ils doivent dépenser pour trouver le truc idéal. Je suis prêt à parier qu'y a dans tous les coins du pays des laboratoires géants pleins de savants qu'en deviennent siphonnés à force de se colleter avec le problème. Chaque fois qu'ils trouvent quelque chose de neuf, un produit sensationnel qui d'après eux peut pas flancher, ils l'installent dans les vaters, quelque part, après quoi ils attendent, pépères, en se donnant de grandes claques dans le dos : « Ce coup-ci, on les possède, hein ? Pas question qu'ils entament *ça* ! » Ils s'accordent quarante-huit heures, disons, et quand ils rappliquent tous en chœur pour voir, les voilà qui commencent à se lamenter et à s'arracher les douilles, vu que l'endroit est couvert de « T'as le bonjour de Kelly », d'invitations et de dessins de toutes sortes.

On se demande comment ils y arrivent. Les décorateurs, je veux dire. Ils doivent trimbaler dans leurs poches tout un fourniment de crayons, de craies, de canifs et autres, et chaque fois qu'ils repèrent ces nouveaux produits fabriqués tout exprès, ils s'enferment là-dedans avec leur matériel et n'en sortent que quand ils en sont venus à bout. Et s'ils y arrivent pas tout seuls, ils font passer le mot et tous les artistes radinent en bloc au vater en question et s'y bouclent par paquets de trois jusqu'à ce qu'ils aient trouvé un moyen d'écrire sur le truc. Je vous jure que c'est des professionnels, ces gars-là. Jamais un amateur pourrait disposer seulement du tiers de la moitié du quart du temps qu'il faut pour commettre des dégâts pareils.

Selon moi, il doit exister une société du genre «Les Poètes pornographes» ou un truc pareil. Des types qui se réunissent dans une cave, à minuit, masqués ou en cagoules ou autre. Et puis il y a une espèce de gros mec avec un cigare au bec qu'on appelle le «Boss» ou le «Caïd» ou le «Cerveau» ou tout ce que vous voulez. Comme au cinéma. Tous les mois, ils se rassemblent autour d'une table avec leur cagoule, dans la planque en question, et ils mettent au point la campagne du mois suivant.

Là-dedans, c'est comme un Q. G. militaire, avec des téléphoncs partout, et tout le monde fume. Les murs sont couverts de grandes cartes de toutes les villes, et partout où y a une toilette publique, elle est marquée d'un petit drapeau : vert pour les neuves ou celles qui viennent d'être repeintes, rouge pour celles qu'ont le produit antipoétique, et noir pour celles qui sont déjà tellement encombrées de gribouillis que le problème est de trouver un coin pour inscrire encore quelque chose.

J'imagine que la seule façon de les couillonner, ce serait de faire tous les vaters publics en acier inoxydable. En hiver, faudrait bien une heure pour se décider à s'asseoir sur un machin pareil. Et malgré tout, ils trouveraient bien une combine, les poètes. Ils s'amèneraient probablement avec des foreuses perfectionnées, portatives et silencieuses.

Moi, je vous le dis : y a un paquet de fric à se faire, pour celui qu'inventerait un matériau inattaquable, spécial pour toilettes publiques. Une fortune, il ramasserait, avec un truc de ce genre. Des mille et des cents.

C'est pas souvent que j'achète des livres quand je voyage. En général, je m'arrange pour passer une ou deux heures dans un pub avant le départ de façon que, pas plutôt dans le train, je roupille durant tout le parcours et me réveille juste à l'arrivée. Comme ça, c'est au poil. Pas le temps de se barber ni rien. Mais cette fois-ci, comme je l'ai déjà expliqué, j'avais une gueule de bois sévère et la seule idée de boire m'écœurait. Ce qui fait que je me suis arrêté devant le kiosque à journaux pour acheter un machin quelconque à lire.

Vous savez comment c'est, ce genre de boutique : compartimenté ; d'un côté les revues, les magazines. Comment tenir sa maison propre et tout ça ; les Voitures, les Motos, la Pêche. Au milieu, les gros livres pas illustrés et, à l'autre bout, les pin-up et les nus artistiques. C'est ça que je voulais. Un truc sexy, avec plein de photos dedans.

Je suis en train de jeter un coup d'œil quand s'amène la vieille bique qui tient le stand. Y a personne d'autre pour servir.

— Je peux faire quelque chose pour vous ? elle demande.

« Je voudrais voir un peu si ça vaut le coup, d'abord », je m'apprête à lui dire, ou un vanne marrant dans ce genre-là, et puis je réfléchis qu'il vaut mieux pas, ça risque de vous attirer des histoires. La dernière fois que j'avais acheté quelque chose dans un de ces kiosques — oh ! y aura de ça deux ans à Noël, à peu près — c'est ce que j'avais fait, le genre rigolo, et justement ça s'était plutôt mal terminé. Quand elle m'avait dit : « Je peux faire quelque chose pour vous ? » je lui avais répondu : « Je veux ! », avec un coup d'œil coquin et tout. Mais elle était trop gourde pour piger et restait là, l'air paumé. Alors je lui fais :

— Vous auriez pas un petit quèq'chose pour moi sous le comptoir ? avec un clin d'œil canaille.

Vous comprenez, elle en avait, pour moi, sous le comptoir, et pas qu'un peu. La meilleure moitié, je dirai même. Et comment ! Au-dessus, c'était pas terrible. Croulante sur les bords, dans les quarante berges. Mais, comme dit l'autre, mieux vaut la moitié d'une miche que pas de miche du tout, et, personnellement, je préfère me la taper un peu rassise plutôt que d'avoir à m'en passer. Au dernier moment, quand même, je me suis ravisé.

Quelque chose me disait que cette bonne femme était pas d'une race à comprendre la plaisanterie. Si bien qu'en fin de compte tout ce que je lui ai dit, c'est :

— Z-auriez pas des fois quelque chose pour moi, sous le comptoir… vous savez, le genre bouquins de Port-Saïd ?

Les bouquins de Port-Saïd, c'est ces trucs terriblement sexy qu'on trouve par là en Afrique du Nord. Nulle part ailleurs, faut dire, seulement en Afrique du Nord. Dans les quinze ans de travaux forcés, on risque, si on se fait piquer à les introduire dans ce *pays-ci*.

Toujours est-il que j'ai pas plutôt parlé des bouquins de Port-Saïd sous le comptoir que c'est *elle* qui me regarde d'un sale œil, et quand je dis sale, j'entends sale, pas du tout cochon, et elle me fait l'air soupçonneux et mauvais :

— Qu'est-ce que vous avez dit, au juste ?

— Oh ! rien, je réponds. (Je le sentais, que ça allait tourner à l'aigre.)

— Je vous demande pardon, vous m'avez insultée !

Misère, elle devait être sourde comme une marmite.

— J'ai rien dit du tout.

Et je prends un ou deux bouquins quelconques, histoire de changer de sujet.

— Donnez-moi donc ça, tenez.

— Vous m'avez *insultée*.

De rage, elle devenait violette.

— Allons, ma petite dame, laissez tomber, quoi ! Et dites-moi plutôt…

— Jamais, vous m'entendez… (Elle beuglait comme un âne et les gens commençaient à s'attrouper.) Je suis une femme mariée, respectable, et je ne tolérerai pas que des voyous dans votre genre viennent m'insulter pour un oui ou pour un non !

Une *femme* respectable ! Avec la camelote qu'elle fourguait, qu'aurait fait rougir n'importe quelle *putain* respectable ! J'ai failli lui dire, mais j'ai pas eu le cran. Elle aurait fait un de ces bonds à en crever le toit de sa baraque, et j'étais pas d'humeur à me chamailler à ce moment-là. À cause de la g.d.b. en question.

Non, ce qu'il faut jamais faire, c'est dire leurs quatre vérités aux gens. Faites les pires choses imaginables, ça passe, mais dites à un gros lard qu'il est répugnant à voir ou à une « respectable femme mariée » que la plupart des prostituées valent deux fois mieux qu'elle, alors là, vous êtes *vraiment* dans la friture.

La fois que je vous disais, il y a deux ans de ça, je m'étais simplement tiré sans rien acheter ; c'était le seul moyen d'éviter une émeute. Je lui aurais bien collé une baffe, mais elle m'aurait fait coffrer. Alors, ce coup-ci, je l'ai bouclée sagement. Tant qu'on moufte pas, on risque rien. Mais qu'on s'avise seulement de l'ouvrir, les gens vous tombent dessus comme une meute de loups.

Et d'ailleurs, la tenancière de ce kiosque-là, elle ressemblait drôlement à l'autre avec qui je m'étais engueulé — mêmes cheveux frisottants, même « qu'est-ce que je peux faire pour vous ? ». Au fond, c'était peut-être la même, peut-être qu'on les mute d'un patelin à l'autre, histoire de les faire changer de kiosque et de leur éviter de devenir dingues à rester enfermées là-dedans tous les jours de leur existence.

Cette vieille chipie d'il y a deux ans — je l'avais pas ratée, vous pouvez me croire. Avant de les agiter, je lui avais flanqué les magazines en pleine poire en lui disant où elle pouvait se les fourrer, et ça au nez et à la barbe de la foule des gloutons rassemblés. Fallait la voir rouscailler. Oh ! malheur ! Il s'en est fallu de peu qu'elle explose !

Après avoir acheté ce que je voulais, je suis monté dans le train. Affreux, cet engin, près d'un kilomètre de long, de la locomotive au serre-frein. En plus, j'ai dû faire presque tout à pied avant de trouver un compartiment de fumeurs vide pour moi tout seul. Ensuite j'ai bien essayé de rester assis, en attendant le départ, mais, au bout d'à peu près une trentaine de secondes, je tenais plus en place. Je me lève et je me mets à flânocher le long du quai. Les grandes gares, y a de quoi vous flanquer le bourdon : des kilomètres de suie, de poussière, de crachats et de mégots. Déprimant, quelque chose d'horrible. Et l'*odeur* ! Vieille, rance, comme des latrines âgées de six cents ans. Je descends donc arpenter le quai en calculant mon affaire pour être revenu cinq minutes avant le départ, des fois que quelqu'un voudrait me chiper ma place.

Je l'ai marquée avec ma petite valise que j'ai collée contre la fenêtre et les deux bouquins de pin-up, à côté du journal. Jamais j'achète le journal, sauf celui du dimanche. La semaine, y a jamais rien dedans, à part des crimes et des histoires pareilles, mais le journal du dimanche, il est des fois terrible. Presque aussi cochon que les bouquins de Port-Saïd. C'est assez chouette à lire, le journal du dimanche, de quoi vous donner des vapeurs rien que d'y penser, des fois.

Mais je suis remonté assez vite, vu qu'on sait jamais. Les gens sont capables de vous pousser toutes vos affaires dans l'autre coin, le plus sombre, sur le couloir, pour vous faucher votre place. Je l'espérais à moitié que quelqu'un chercherait à me faire ce coup-là, parce que j'en avais marre et que j'étais mauvais et qu'une bonne bigorne m'aurait fait du bien. Vous parlez, si j'avais trouvé mes affaires toutes chamboulées, quelqu'un aurait pris une vache dérouillée, et pas plus tard qu'illico.

Imaginez le choc que ça me fait, quand je reviens, de trouver deux bonnes sœurs dans le compartiment. Deux *nonnes*. C'est le genre de chose qu'on arrive pas à croire, sur le coup ; on se dit : « C'est mes yeux qui me jouent des tours. » Mais ouiche, elles étaient bel et bien là. Je vérifie, des fois que je me serais trompé de compartiment, mais la valise et le reste sont toujours dans le coin où je les ai laissés. Non mais, entre nous, c'est pas diabolique de s'amener tôt pour être sûr d'avoir une bonne place, de s'installer confortablement, de descendre un moment se dégourdir les jambes sur le quai et, quand on remonte, de trouver deux foutues religieuses parquées sur la banquette d'en face ?

Au premier abord, j'ai pas su quoi faire. Bien sûr, l'idée m'est venue de déménager, de chercher un autre wagon. Voir si je trouverais pas, des fois, un autre compartiment vide, ou même avec un petit sujet en train de se faire tartir toute seule ; des fois, un coup de pot, on sait jamais. Mais j'avais déjà arpenté le train sur toute sa longueur, et vu ce qu'y avait — rien que des vieux, des vieilles et de la marmaille braillante et chahutante. Et puis, merde ! Pourquoi ce serait à *moi* de déménager à cause d'elles ? J'étais là le premier, non ? Alors je me cale les fesses dans mon coin, près de la vitre, et je fais semblant de regarder un porteur en train de pousser un petit chariot rouge le long du quai.

Et, comme si c'était déjà pas assez moche comme ça, voilà qu'une fillette s'amène et s'installe avec nous. Voyager dans le train en compagnie de bonnes sœurs et de gosses, vous vous rendez compte ? À tout prendre, j'aimerais encore mieux faire tout le parcours *à pied* plutôt qu'avec une pareille équipe.

Et, pour couronner le tout, ce nom de Dieu de porteur qui manque m'estropier avec l'énorme valise de la gosse. Comme il peut pas la coller dans le filet côté religieuses, vu que c'est encombré de parapluies et de trucs, voilà qu'il lui vient l'idée géniale qu'elle fera très bien juste au-dessus de *ma* tête. Seulement, elle est tellement lourde qu'il manque attraper une hernie étranglée en voulant la hisser là-haut et qu'elle glisse, et c'est tout juste si elle me retombe pas sur le crâne. Qu'elle m'aurait sûrement fêlé, vu qu'elle doit bien peser dans les trois cents livres, au jugé.

La tante de la petite s'amène aussi, mais c'est seulement pour la voir partir. Un moment, je croyais qu'elle allait voyager avec elle, mais elle se contente de veiller à ce qu'elle soit bien installée, après quoi, elle descend et lui fait des signes d'adieu jusqu'au départ du train.

Entre nous, si ç'avait été elle qu'était venue à la place des autres, ça oui, ç'aurait été une affaire. Pas sale, comme camelote, jeune et bien balancée, sans être trop rondouillarde, l'air prête à faire un tour de manège, pas d'erreur. Chose qui m'aurait pas du tout déplu : elle et moi tout seuls jusqu'à Londres, les rideaux tirés à fond.

La gosse était pas là depuis deux secondes que les religieuses commencent à lui tailler une bavette. Elles se déplacent un peu toutes les deux, de façon qu'elle puisse se mettre à la fenêtre.

— Assieds-toi là, ma chérie, tu pourras regarder dehors.

— Comment que tu t'appelles, ma cocotte ?

— Oh ! quel joli nom, ma mignonne !

Elle a les cheveux coiffés en une natte épaisse, pas double comme on en voit souvent, une seule, qui lui descend dans le dos jusqu'au bas de son blazer bleu.

D'accord, la tante leur a demandé de veiller sur elle, mais c'était façon de parler ; ça voulait seulement dire : « jetez un coup d'œil de son côté de temps en temps ». Ça se voyait, que c'était ça qu'elle voulait dire, rien qu'au ton. La petite, une fois installée, elle se tourne vers les deux nonnes en question — avec un large sourire — toujours le large sourire, quand les gens s'apprêtent à vous faisander — et elle leur dit, très chochotte et tout :

— Je m'excuse mais, est-ce que je pourrais vous demander de veiller à ce qu'il ne lui arrive rien ?

Un point, c'est tout. C'était pas une invitation à l'abrutir de jactance, cette gosse, ni à la tripoter comme elles font. Elles sont censées simplement lui tenir compagnie, pas en faire du pâté. Mais elles sont toutes pareilles, ces punaises de sacristie, toujours en train de chercher à vous harponner, vous entortiller, vous endormir, vous gaver de leurs éternels bobards et faire de vous des béni-oui-oui à la botte de tous les bons Pères : « À vos ordres, mon Révérend. Trois pleines barriques ? Voilà, mon Révérend… »

Abominable, non ? Me voilà installé avec pour trois shillings de chouettes magazines sur les bras, et forcé de me taper le journal pour tout potage. C'est pas que j'aie à redire contre le journal. Non. C'est pas ça. Comme je vous le disais, le *Journal du Dimanche*, ça se laisse lire. Mais il y a des moments qu'on a pas spécialement *envie* de lire, mais seulement de regarder des illustrations, des photos et ce genre-là. Comme maintenant, par exemple, avec mon mal au crâne et mes yeux pas bien en face des trous. Larmoyants, en plus, et avec le train qui tangue dans tous les sens, c'est pas fait pour arranger les choses. Je parie que c'est des revues du tonnerre, pleines de grosses blondes bien rembourrées de l'avant-scène, avec des belles cuisses blanches et ces grands yeux innocents à la : « Viens te pager, beau gosse… »

Rien que d'y penser, j'en ai des chaleurs.

Ce que je vais faire, c'est m'en farcir une, de ces revues, d'ici deux, trois minutes. C'est ça qui va les secouer, ces pucelles effarouchées, ha ! Des grandes photos sur papier glacé d'une *vraie* femme, fière de montrer ce qu'elle trimbale. Comment qu'elles vont être soufflées en me voyant sortir cette revue de dessous mes fesses et l'ouvrir mine de rien, pour un brin de lecture. D'abord, j'allumerai une sèche — avec le briquet en or — et puis je tirerai deux, trois bouffées pépères, qu'elles voient bien que je me tamponne éperdument de ce qu'elles pensent. Je devrais jeter un certain jus avec le costard gris anthracite, la manche un peu relevée, qu'on voie bien ma montre briller au soleil. Distingué au possible. Après ça, je croise les jambes, ma cheville gauche sur le genou droit, je me tourne d'un air distant, je prends la revue de pin-up et j'examine le nu de la couverture. Un pied en l'air, je peux poser la revue à plat et, en même temps, ça permet de reluquer un bon coup mes chaussettes — gris perle, elles sont. Blague à part, je dois avoir une certaine classe, sapé rider, avec mon gris anthracite et le reste, un peu comme si une grosse Rolls flambant neuve m'attendait à l'autre bout du parcours.

Un petit sourire pénard pour bien leur montrer que je m'amuse, après quoi je lâche une bouffée de fumée par les narines, mais lentement, comme si j'étais tout de suite pris par ce que je trouve là-dedans. Ensuite, je me colle la cigarette au bec, histoire d'avoir les deux mains libres et je tourne les pages tout doucement, en soufflant de longues bouffées de fumée chaque fois que je tombe sur une fille vraiment « hot ».

Punaise ! Ça va les rendre cinglées, les bonnes sœurs, d'être enfermées avec moi, et moi en train de lire des livres cochons sous leur nez. Je parie même tout ce que vous voulez qu'elles vont prendre leurs valises, débarrasser le plancher et me laisser en paix.

Je m'en vais le faire, vous allez voir. Pas tout de suite, quand même. D'ici deux minutes. Je suis pas encore tout à fait paré pour.

Entre nous, il y a des flopées de types qu'oseraient jamais faire ça devant une clique pareille. Ils se dégonfleraient. Moi pas, ça me fait pas peur. Rien me fait peur, à moi, surtout pas une bande de suceuses d'eau bénite déguisées en Ku-Klux de mes deux Klan. Je l'aurais fait pas plus tard que tout de suite, à part que je me sentais pas encore bien au point. Ces choses-là, ça gaze mille fois mieux si on se met d'abord dans l'état qu'il faut.

Ce que j'ai envie de faire, en premier, c'est rester un moment pénard à regarder par la fenêtre, histoire de me reposer les quinquets et voir un peu la dégaine de ce coin de monde. Comprenez, j'ai jamais mis les pieds par ici, ça, jamais, ce qui fait que c'est intéressant, croyez pas ? de voir quelque chose qu'on a encore jamais vu, de pas savoir à quoi s'attendre la seconde d'après.

Eh ben, non, c'est pas vrai, bon Dieu ! Je le suis, fin prêt. L'envie me démange de zyeuter toutes ces filles, et j'en ai ma claque de reluquer par la fenêtre ces idiotes de vaches et autres. Mais qu'est-ce que je peux faire avec une équipe pareille sur le paletot ? J'aurais bonne mine, mon grand album de femmes à poil sur les genoux, avec deux religieuses à deux pas de moi, en train de guetter mon moindre geste. Pareil que de vouloir coucher avec une fille dans la vitrine d'un magasin de meubles un samedi à deux heures de l'après-midi. Pas faisable. Ça vaudrait pas le coup. Et je peux même vous dire ce qui arriverait, si je m'avisais d'essayer : avec tous ces yeux braqués sur moi, je perdrais mes moyens, j'avalerais mon mégot ou je me collerais le côté allumé dans la bouche, ou bien je me ferais un trou dans le complet ou je sais pas quoi encore.

D'abord, les religieuses, je peux pas les piffer, bon sang ! Toujours à flapoter leurs grandes robes noires dans tous les coins, à gâcher le plaisir des gens et à flanquer la pétoche aux petits enfants. On devrait les interdire, en finir une fois pour toutes avec ce foutu bizness.

Parlez si je les plains, ceux qui vivent à terre et qui peuvent pas faire autrement que de leur buter dedans à chaque pas. Encore heureux que, moi, j'en voie pas des masses, seulement quand le rafiot est à quai ou que j'ai une perme pour aller à terre. Et aussi des occasions comme maintenant, quand j'ai fait l'idiot et que je suis obligé de prendre le train pour aller rejoindre mon bateau.

Mais si peu que j'en voie, c'est quand même trop. Enfin quoi, on est en démocratie, non ? Autrement dit, un type a le droit de faire *tout* ce qu'il veut et *quand* il le veut, pas vrai ? Donc, si quelqu'un vient marcher sur vos plates-bandes et vous empêcher de rigoler, eh ben, c'est défendu par la loi et on devrait le coffrer ou y mettre le holà. En plus, c'est pas *moi* qui leur ai demandé de venir ici, à ces foutues nonnes, ni à la petite gosse, ce qui fait que j'ai la loi de mon côté, et si elles font des chichis parce qu'elles me voient en train de lire des revues de pin-up, c'est pour leurs pieds, non ?

Et à part empêcher les gens de rigoler, y a aussi l'autre chose. Je veux dire : flanquer la pétoche aux gosses. Et c'est pas de la blague. La plupart des mômes, dès qu'ils voient une religieuse, ça les met dans un tel état qu'il faut les emmener à l'hôpital et leur faire des injections et des trucs pour les calmer. C'est à cause de leur déguisement, de tout ce noir. Les gosses les prennent pour des sorcières, c'est sûr, alors les voilà qui piquent des crises de nerfs en se roulant par terre, et c'est seulement quand le docteur leur a fait une piqûre qu'ils commencent à se calmer. Ce qui m'épate, je dois dire, c'est que cette petite, elle se soit si vite entichée d'elles. Sans blague, elle a même pas eu l'air inquiète une seconde, même pas au début en les voyant, et, en moins de dix minutes, la voilà pour ainsi dire incorporée à l'équipe. Mais ça tient probablement à ce qu'elle est de la même espèce, genre rupin-la-calotte, et qu'elle est habituée à voir ça depuis le biberon.

Tandis que si c'était moi qui m'avisais de faire piquer des crises de trouille à des gosses, on me mettrait derrière les barreaux en moins de deux. Mais ces fanas du goupillon, vous croyez qu'ils les empêcheraient de nuire ? Je t'en fous, oui ! Ils ont trop d'influence dans les milieux haut placés, leur filent le bon vieux bouquet, ni vu ni connu, pour que le Gouvernement étouffe l'affaire. Un de ces jours, moi, je vous le dis, c'est eux qui seront à la tête du pays, vont coller le Pape au Parlement, vous couperont le kiki si vous allez pas à la messe le dimanche.

Mon pote, là-bas, en mer, il m'en a causé, de cette histoire des petits enfants qu'étaient terrifiés par les nonnes. Il l'a même vu de ses propres yeux, un jour. Dans le centre, ça se passait, je crois bien, un port quelque part. Je me rappelle plus au juste où à la minute, peut-être qu'il me l'a même pas dit, d'ailleurs, mais je suis sûr et certain que c'est bien arrivé *quelque part*, parce que Toots[1] il y était bel et bien et qu'il l'a vu personnellement.

Ce brave Toots ! Ce qu'il peut être drôle quand il vous raconte quelque chose ! Faut dire que drôle, il l'est, et plutôt deux fois qu'une, si vous voyez ce

1. Toots : Totoche.

que je veux dire. C'est pour ça qu'on l'appelle Toots. Avec sa voix haut perchée et sa façon de vous lorgner par en dessous quand il vous cause. Et tout le temps en train de vous dire des trucs comme : « C'est insensé » ou : « Vraiment, je vous assure » ou : « Alors, je lui dis comme ça, je lui dis... », et quand il aime pas quelqu'un, il en parle en disant : « Cette salope ». Avec ça, une peau très blanche et des mains très douces. Quand on a pas fait escale depuis un bout de temps et qu'on commence à devenir enragé, c'est quand même appréciable.

D'ailleurs, il y voit pas d'inconvénient non plus, ce bon vieux Toots. Il adore ça, je dirais même. Naviguer, s'entend. Surtout sur les longs parcours où on passe pas les trois quarts de son temps à débarquer dans les ports et à rembarquer.

Une fois que je naviguais avec lui — l'année dernière — le bateau a mis en panne dans l'océan Indien. Cinq jours, il nous a fallu pour gagner Singapour. Et par *deux fois*, c'est arrivé. Une panne, ça pouvait être un accident, mais deux dans la même semaine, c'était dur à avaler. Moi et quelques-uns des autres gars, on s'est dit que ce vieux Toots devait y être pour quelque chose... devait ramper dans le noir autour de la salle des machines, au beau milieu de la nuit et flanquer des boulons et des bouts de ferraille dans les rouages, histoire de faire durer le plaisir. Ce qui est sûr, c'est qu'il était le seul à avoir l'air content d'être en plan au milieu de l'océan. Tous les autres, ils en devenaient cinoques d'envie d'être à terre.

— On va le tenir à l'œil, hein ? on s'est dit.

Le tenir à l'œil, lui ? Elle était bien bonne. Fallait faire la queue pendant une heure pour pouvoir seulement *l'approcher*, ce bon vieux Toots.

Pour en revenir à cette histoire de bonnes sœurs qui font peur aux petits enfants, paraît que ce gosse — dans les six ans, il devait avoir, je crois, d'après Toots — il était planté devant un grand magasin, en ville, en train d'attendre sa mère. Vous voyez le genre de boutique que je veux dire, un truc immense avec des escalators et tous les ans un père Noël pour les mômes.

Bref, sa mère venait juste de lui payer une glace, à ce que je crois, vu qu'il était là, en train de lécher son cornet, heureux comme un pape, en attendant d'explorer la Grotte Magique. Je crois bien que c'est la Grotte Magique qu'il allait voir, c'est bien ce que Toots avait dit. Bizarre, pourtant, ce gosse en train de manger une glace, là, dans la rue, en plein hiver. Il se peut que Toots se soit trompé en le racontant, notez bien. Je veux dire… c'est des choses qu'arrivent, pas vrai ? C'est souvent, qu'à la fin de l'histoire on se rappelle plus le commencement. Puis d'ailleurs, Toots était pas là personnellement, au moment que c'est arrivé. Il s'est amené qu'après, quand on a eu calmé le gosse. C'est un peu plus tard, par un autre type qui prenait un verre au pub du coin de la rue, qu'il a su ce qui s'était passé.

Toujours est-il que le môme, il suçait tranquillement son cornet de glace, quand voilà que s'amènent deux bonnes sœurs. Toujours par paires, elles viennent, vous remarquerez, comme les emmerdements : jamais seules. Elles avaient ces espèces de boîtes qu'elles trimbalent toujours avec elles, pour la quête — soi-disant pour les orphelins — et elles cavalaient dans les magasins, se faufilant à travers les gens et leur collant la tirelire sous le nez. Elles arrêtaient même les marmots et les obligeaient à mettre leurs pennies dans la fente, les pennies de Noël qu'on leur avait donnés pour s'acheter des bonbons.

Bref, elles s'amènent derrière le môme en train de lécher son cornet de glace et, justement, à la même seconde, voilà le pauvre petit bougre qui se retourne pour chercher sa maman et qui leur bute en plein dedans. Il a pas dû voir autre chose que ces deux énormes machins noirs qui lui tombaient dessus et, moins d'une seconde après, il avait la figure complètement enfouie dans de l'étoffe noire. Violet, il est devenu. Et fallait l'entendre beugler. Avec son cornet de glace qu'avait éclaboussé tout le carré, sa maman qui tâchait de le calmer et ces deux religieuses qui empiraient encore les choses en restant là à vouloir s'excuser...

Quand même, vingt dieux, croyez pas qu'il y a de quoi vous rendre enragé, rien que de penser à ça ? Croyez pas qu'ils devraient se secouer, ces fanas de l'Église, se dire qu'on est au vingtième siècle, plus à l'âge de pierre, enfin quoi ! Ouvrir un peu les yeux et se rendre compte que la religion et tout ce foutu bisenesse, c'est plus mort que du pâté de porc, que personne en veut plus, que c'est fini ? Ça pouvait se comprendre il y a de ça des milliers d'années peut-être bien, quand les gens étaient simples d'esprit. Il leur fallait quelque chose dans ce genre-là pour se distraire, tant qu'ils avaient pas la télé, le cinéma et autres. Mais à l'heure qu'il est, voulez-vous me dire à quoi ça sert ? À rien. Zéro. De nos jours, les gens savent trop de choses pour marcher là-dedans, se laissent plus posséder aussi facilement que dans le temps.

Je vais vous dire ce que je ferais, *moi*, si j'étais à la tête du pays ; si c'était *moi* qu'on aurait nommé premier ministre, j'en finirais avec toutes ces bondieuseries, ces combines de bonnes sœurs et autres, je leur ferais enlever leurs robes, qu'elles s'habillent comme tout le monde, qu'elles se marient, fassent des gosses, soient *normales* ! On pourrait les coupler avec tous les bons pères, les forcer *eux aussi* à se marier. Ce qui ferait d'une *pierre* deux coups, pas vrai ? Et une fois tous amarrés comme il faut, y aurait une fortune à faire en vendant toute la camelote religieuse qui servirait plus à rien. Les églises feraient des chouettes dancings ou des cinémas, et pour ce qui est des couvents, on pourrait les louer comme immeubles d'appartements, ce qui réduirait la crise du logement.

Après l'avoir cuisinée pendant cinq minutes, les deux nonnes savaient tout sur la môme, où elle allait, ce qu'elle faisait, le paquet. Et c'était bien ce qu'on se serait attendu de la part d'une gosse de riche comme elle, les six semaines de vacances qu'elle venait de passer chez tantine Joan, et maintenant elle retournait à la maison avant de rentrer dans une de ces écoles snobs, quelque part dans le Sud, où les rupins balancent leurs mômes et viennent les voir une ou deux fois par an. Vous voyez d'ici le genre de boîte, où on entend des trucs comme : « Oh ! c'est tonnerre… ! » enfin, cucul, quoi, comme dans les illustrés pour mouflets.

Mais le marrant de l'histoire, c'est quand elle a dit que sa vieille, elle était partie en Espagne avec *Charles* et que la nonne, la grosse rougeaude, lui a fait : « Ton papa s'appelle Charles, alors ? » s'imaginant probablement que la petite était de ces gosses modernes qui appellent leurs parents par leur prénom.

— Oh ! non, répond la môme. Charles est un ami de Maman. Papa et Michel — Michel, c'est mon petit frère, il a quatre ans — Papa et Michel, ils sont allés habiter avec Sybil, l'amie de Papa.

Innocente au possible. Se doutait même pas de quoi il retournait.

Fallait voir la façon qu'elles se sont regardées, les deux vieilles chouettes.

— Oh ! Sœur Clarisse, c'est abominable ! Ses parents qui vivent dans le péché !

Et autres bobards du même lot.

Entre nous, si un homme ou une femme, ils ont envie d'un brin de fantaisie, pourquoi pas ? La plupart des maris et des femmes valent guère mieux, je vous en fous mon billet, et cette combine de mariage, c'est pas autre chose que la bagatelle devenue respectable une fois arrosée d'eau bénite et de papier timbré. On signe un bout de papier et, hop ! plus besoin de courir après ce qui vous fait envie, on l'a servi tout chaud dans son lit.

Mais les deux bonnes sœurs, elles étaient pas d'accord, ça se voyait. Froncements de sourcils en pagaille. Et ç'a été pire encore quand la petite a lâché cette histoire sur tantine Joan et tonton Richard qu'étaient tout le temps en train de se bagarrer. À ce qu'on pouvait déduire de ce que disait la petite, ce brave tonton Richard, il était assez friand de petits extras. Par exemple, Louise la bonniche qu'avait reçu ses huit jours la semaine d'avant, eh ben, le tonton Richard y a gros à parier qu'il avait cherché à s'en farcir une tranche et que la tantine, elle voyait la chose d'un sale œil. Entre nous, on se demande pourquoi il allait chasser du côté de la bonne alors qu'il avait mieux que ça dans ses draps. Ç'aurait été ma bonne femme, à *moi*, pouvez être tranquilles que je serais pas allé chercher ailleurs. Jamais. Je resterais le soir à la maison. *Tous* les soirs de la semaine, encore.

Pourtant, ce qui a le plus fait tiquer les deux religieuses, c'est quand la petite fille — Julia, elle s'appelle — a commencé à leur raconter que sa tante Joan, elle voulait pas laisser le tonton seul avec elle, et ce qu'elle voulait surtout pas, c'était qu'il l'emmène promener. Paraît que la petite Julia, elle voulait sans arrêt descendre à la plage (à dix minutes à peu près de la maison) mais rien à faire. Tantine, elle voulait pas l'emmener. Pour pas laisser ce cochon de tonton Richard seul avec la bonne, probable. Voyant ça, *lui* s'est offert à l'emmener tout seul, et elle a pas voulu non plus. Finalement, c'est la bonne qui y est allée. Après ça, vous pouvez être tranquilles que le dénommé Richard, il passait le restant de la journée à se creuser le cigare pour trouver un moyen d'aller les rejoindre en douce.

Je peux me tromper, notez bien, mais à lire comme ça entre les lignes, je dirais que le Richard, c'est pas seulement un drôle de vicelard, mais je parierais qu'il est pas bien regardant, question d'âge. Encore une fois, je peux me tromper, mais j'ai comme une idée que non. Et si je suis dans le vrai, ça explique pourquoi la petite Julia a dit qu'on la renvoyait chez sa mère quinze jours plus tôt que prévu. En tout cas, c'est ce qu'elle a dit aux bonnes sœurs : Tantine Joan avait téléphoné à Majorque pour demander à sa mère de rentrer, autrement dit de raccourcir son voyage de quinze jours.

C'est quand même assez marrant, entre nous... tous en train de se cavaler après du matin au soir à travers la boutique. Mais c'est comme ça qu'ils sont, tous ces poseurs avec leurs grandes maisons et leurs bagnoles tape-à-l'œil, pas mieux que des animaux et, en plus, ça vous a le front de snober ceux de la classe ouvrière, comme si on était de la racaille. Qu'est-ce qui leur a donné le droit de parler, voulez-vous me le dire ? Les ouvriers, ils sont peut-être pas bien brillants, mais tous ces richards et ces gommeux qui sont censés en savoir plus qu'eux, avoir plus de moyens, je veux dire, eh ben, rien du tout.

Valent pas mieux. La moitié du temps, pouvez être sûrs qu'ils sont dix fois pires que les pouilladins.

Parlez si le vieux Charles, il doit rigoler, qu'on l'arrache à ses galipettes dans l'Île d'Amour quinze jours trop tôt, juste quand il commençait à attraper la bonne cadence. Il devait l'avoir drôlement à la caille quand on lui a annoncé la chose. Je parie qu'il a dû piquer une vache crise. Si lui en restait la force, s'entend.

Mais ce qui me dépasse, c'est que tantine Joan ou n'importe qui aille s'imaginer que la gosse, elle est plus en sécurité avec lui qu'avec tonton Richard. Un type comme ça, capable d'une entourloupe pareille, démolir un ménage avec des enfants rien que pour pouvoir se payer son quart d'heure de rigolade, j'estime qu'il faut pas s'y fier. Moi, je lui ferais confiance pour rien, je le laisserais même pas seul avec ma grand-mère. Quoi ? Je te lui flanquerais un coup de fusil, à ce salaud-là !

Ça finissait par devenir intéressant, la petite en train de raconter les scandales de la famille. Notez bien qu'elles savaient pas que j'écoutais. Pour elles, j'étais censé être plongé dans mon journal.

J'en avais presque oublié que je m'enquiquinais à me les rouler dans ce compartiment. Mais les nonnes, comme elles avaient plus l'air de tenir tant à écouter ce genre d'histoires, alors elles ont aiguillé la môme vers d'autres trucs. Elle s'est mise à caqueter à propos de son frère Michel, de la plage — des trucs pénibles, quoi — et là j'ai recommencé à me faire salement vieux.

De toute façon, c'est de ma faute si je suis coincé dans ce maudit train. Je serais même pas là du tout si j'étais pas tombé sur cette pute, hier soir, et quand bien même, les choses, elles auraient pas tourné de cette façon-là si seulement on avait eu un coin où aller ; j'admets qu'elle a proposé de monter chez elle « juste au coin de la rue », mais ça m'a refroidi tout de suite. J'en ai trop vu, des matafs en bordée se faire assommer dans les ports. Non, merci ; je tenais pas spécialement à être le prochain pigeon. T'entraves, Gustave ? y avait toutes chances pour qu'elle ait posté quelque part un ou deux malabars capables de vous défoncer le portrait à coups de pompe et de vous laisser nu comme un ver sur le trottoir. Tenez, par exemple, un autre camarade à moi, avec qui j'avais navigué une fois — Nobby Clark — eh ben, il s'était fait ratiboiser une fois à Houston, mais *lui*, c'est enveloppé dans un journal qu'il est remonté à bord. À poil intégral. Que le journal ! Et avec deux énormes coquards et une lèvre comme un rouleau de lino.

C'est comme ça, Houston, dans le Texas. Mauvais, ils sont, tous ces cow-boys. Armés, en plus, je vous jure ! C'est pas de blague. Qu'ils portent des flingues, je veux dire. Je l'ai vu, de mes yeux vu, la toute première fois que j'ai débarqué là-bas. J'avais dix-huit ans, à l'époque. On était toute une bande à entrer dans ce petit bar tranquille et pour y mettre un peu d'entrain, on a commencé à chahuter. Alors, voilà que le Texan qu'était là, il sort un flingue et il nous braque.

— Du vent, il fait.

Rien d'autre. « Du vent », très calme, l'air excédé comme si vraiment ces choses-là lui arrivaient tous les jours.

On a mis les voiles. Hé ! qu'est-ce que vous voulez ? Je m'appelle pas Zorro, pour aller discuter avec des types qui trimbalent un pétard.

Et même s'il y avait pas d'entourloupe à la clé — avec cette fille — on voyait tout de suite le genre de carrée que ce serait : un petit trou salingue, tout en haut d'un escalier puant sans même de lino, et des grandes plaques de papier peint moisi qui se décollent des nids à punaises. Un lit déglingué traînant ses ressorts par terre, pas de draps, les couvertures ramassées en tas au milieu, dans un trou creux où quelque chose comme vingt-sept millions de matafs se seraient envoyés en l'air... Oh ! putain, après être passé là, faut se faire épouiller, sans ça on flanque la gratte à tout le bateau.

Ce qui fait que, quand elle m'a dit : « Chez moi », j'y ai répondu : « Non, merci, on va à l'hôtel », vu qu'on est tout de même beaucoup plus confortable et tranquille dans un lit avec des draps propres et tout, que dans un jardin public ou autre. D'habitude, j'ai rien contre les jardins publics. Des fois, si on dégotte un petit coin d'herbe bien pénard, c'est même pas mal du tout. Mais y a toujours le risque qu'un type vous bute dedans juste au moment qu'il faut pas, et puis faut que le temps s'y prête aussi, ces bonnes vieilles nuits d'été bien chaudes avec de l'amour dans l'air — dans l'air et dans l'herbe. Eh oui, je m'en suis payé, du bon temps.

Mais le temps, il s'y prêtait pas, justement. Frisquet, il faisait, avec un ciel qui roulait des gros nuages pareils à des ballons noirs. Alors, elle boucle son imper et m'emmène dans deux ou trois hôtels qu'elle connaît, des petites turnes où on vous loue une chambre pour une demi-heure, sans poser de questions.

— C'est cinq livres, t'sais, si tu veux passer toute la nuit, elle arrêtait pas de me seriner.

Mais elle y tenait pas ; à la demi-heure, ça rapporte plus. Et moi, j'arrêtais pas de lui répondre que j'avais pas le temps de toute façon ; mon bateau appareillait à deux heures du matin. À quoi elle me fait :

— Moi, ça m'est égal, que tu loues une piaule. C'est pas moi qui paie.

— Je sais, je sais, je lui disais chaque fois qu'elle recommençait ses jérémiades. Merde ! Est-ce que j'ai une bouille à débarquer d'un cargo de bananes ?

Ça a duré comme ça une bonne heure, à tourner tous les deux en rond, sans pouvoir trouver de chambre nulle part. Partout où on allait, ça se grimpait quasiment sur les marches, et l'hôtel suivant était toujours à des kilomètres dans l'autre sens. Une nuit du tonnerre pour le bizness. Je parie qu'elles ont dû battre toute une série de records. Ça doit même figurer dans leur journal : « Jamais fait autant de michés depuis le départ des Amerlos en quarante-cinq. » C'est probablement ce qui s'était passé, un navire yankee qui venait de faire escale, ou peut-être un des nôtres. Quand une équipe pareille débarque dans un port, c'est la vraie razzia. Raflent tout. Laissent pas *ça* ! les femmes, la bière, les tantes — tout le catalogue y passe. Même si on a été mêlé à une rixe pendant qu'ils sont à terre, les flics vous arrêtent pas. Peuvent pas. Les cellules sont déjà pleines à craquer de matafs débarqués des cuirassés.

De toute façon, ça devrait pas exister, ce truc de ramasser des femmes dans les rues, de s'en aller rôdailler dans le noir comme des bêtes sauvages. Blague à part, on devrait en finir avec ce système qu'a cours chez nous, y a trop de risques. C'est vrai, ça, on sait jamais si la fille est saine ou non, si y a pas un entôlage à la clé, avec dérouillage maison et tout ce qui s'ensuit. Très peu pour moi. Ce qu'il faudrait, c'est que le Gouvernement passe une loi comme quoi c'est défendu de lever des femmes dans la rue, quelqu'un qu'organise proprement les choses, comme de l'autre côté de l'eau, de façon qu'un gars puisse être tranquille quand il fait son affaire et qu'il ait droit à un peu de propreté et de confort dans le coup. Quelqu'un comme Jimmy, il nous faudrait, pour gouverner le pays ; avec lui, ça serait vite organisé. Jimmy, c'est encore un copain à moi. J'en ai des flopées, comme lui. Pas en mer, celui-là ; ça se passait pendant que je travaillais à terre, je venais juste d'avoir dix-sept ans, avant d'entrer à l'école professionnelle. Un brave gars, Jimmy. Comme on en fait plus. Et juste le type indiqué pour ce boulot-là. Après avoir passé des années dans la Royal Navy, parlez s'il en connaissait un bout, sur les bordels et autres. Un jour qu'on travaillait ensemble à charger des wagons sur les docks, il nous a raconté qu'à Alexandrie tout l'équipage de son cuirassé s'était fait plomber et les mecs étaient tellement fous de rage qu'ils sont descendus à terre en masse et qu'ils ont foutu le feu à toute la rue qu'était d'ailleurs que des bobinards d'un bout à l'autre.

À son idée, à Jimmy, fallait d'abord virer les tapins de la rue et les coller toutes ensemble dans des grands buildings, comme ils font de l'autre côté de l'eau, et les faire examiner toutes les semaines, de façon que personne attrape rien. Ça éliminerait les maladies vénériennes, déjà, vu qu'y aurait plus de ces fricotages dans les parcs et les antichambres. Si on voulait s'envoyer en l'air, on irait tout simplement se soulager au bordel du quartier ou du patelin, sans craindre de se faire plomber ou d'avoir un gosse.

Au fond, toute la question est là. La vérole, je veux dire. On se fait tout le temps une bile terrible après coup, à cavaler de droite à gauche, à se regarder sans arrêt dans la glace pour s'assurer qu'on a pas les yeux tout rouges. Ce matin, c'est ce que j'ai fait en premier, sitôt levé, voir si j'avais pas les yeux injectés. Ils l'étaient. Parlez d'une secousse ! On aurait dit exactement deux œufs durs coupés par le milieu, avec des filets jaune-rouge en travers. Je commençais à paniquer quand voilà l'autre marin — celui qui m'a offert le whisky — qui me fait :

— Nan... penses-tu ! C'est la bière. Le foie malade et les yeux en compote. Nan... quand t'es vraiment chopé, ça se connaît qu'au bout de huit ou quinze jours et là, y a pas à s'y tromper. T'as les calots comme deux flaques de sang frais.

J'en avais froid dans le dos.

Bref, avec le système de Jimmy, en dehors de pas avoir à se ronger les sangs comme moi en se demandant si on a attrapé quelque chose ou non, y a d'autres avantages. Vous connaissez ce genre de satyres qui s'en vont molester les femmes et les gosses, qui soulèvent leur pan de chemise à la fenêtre quand on les regarde et tout ça ? Eh ben, eux aussi, ils iraient dans ces maisons spéciales et se soulageraient comme la Nature l'a prévu. De cette façon, y aurait plus de crimes sexuels et les femmes et les gosses pourraient circuler toutes seules, même la nuit.

En fait, c'est comme ça que tout a commencé — ces histoires que nous racontait Jimmy, je veux dire — quand on s'est tous mis à discuter de son plan pour empêcher que les petites filles soient agressées dans la rue. Y avait un article là-dessus dans le journal, ce jour-là, et ce vieux Bert était en train de nous le lire. Sur la môme qu'avait été violée et trouvée morte dans le train. Une affaire horrible. Elle revenait de vacances (exactement comme la petite Julia, chose bizarre) et, une fois le train arrivé en gare, à Londres, on l'avait trouvée coupée en morceaux dans les w.-c. Une affaire abominable. De quoi vous rendre malade, rien qu'à l'entendre.

C'est ce que disait ce vieux Bert en nous lisant l'article :

— Merde alors ! C'est pas une honte, une saloperie pareille ? Encore une petite fille violée et assassinée. Âgée seulement de sept ans, en plus ! Chaque fois qu'on ouvre le journal, y en a une autre. C'est à se demander ce qu'ils fabriquent, les flics ?

Ce qui fait qu'on s'est tous mis à parler de ces mecs-là, ceux qu'agressent les petites filles, je veux dire. C'est vrai, quoi, c'est assez moche que les mômes soient plus en sécurité dehors, leurs mères obligées de les surveiller sans arrêt, jamais pouvoir les laisser une minute seules et tout le temps à les prévenir de jamais adresser la parole à des inconnus ni d'accepter de bonbons d'eux, ni rien. Et tout ça, pourquoi ? Parce qu'y a quelque part dans le monde une poignée de détraqués sexuels, une minuscule poignée au milieu de tous les autres, qui savent pas s'arrêter quand il faut.

Des types comme moi, par exemple, comme la moyenne des gars, disons, on a une conversation assez salée, je l'admets, et on tentera sa chance si elle se présente — entre nous, quoi, faudrait être cloche de pas profiter de l'occase quand elle s'offre. Mais seulement si la fille est d'âge, si elle a plus de seize ans. Plus jeune, jamais on y toucherait, sauf pour les protéger des vicieux comme ce vieux Richard.

Bien sûr, y a des exceptions, comme qui dirait.

Certaines de ces écolières sont drôlement bien bâties pour leur âge ; comme des femmes faites, y en a, et alors, juste après qu'on les a chauffées comme il faut et qu'elles sont bien à point, on s'aperçoit qu'elles ont que quatorze ans, *douze*, même. Entre nous, la loi devrait faire des exceptions pour ce qui est de ces filles-là. Tous les mecs que je connais le font — ne pas s'en tenir à la règle en question des seize ans, je veux dire. C'est bon pour les filles normales, cette règle. Mais n'importe quelle fille de douze ans roulée comme j'en ai vu, moi qui vous parle, j'estime qu'elle est assez grande pour décider toute seule ce qu'elle a envie de faire. À mon idée, en tout cas.

Mais ces types qui s'amusent à malmener des fillettes — de celles qu'ont dans les douze ans, disons — moi, je vois rouge en pensant à tout ce que j'aimerais leur faire. Je voudrais en tenir un, de ces maniaques, pendant une demi-heure entre quatre murs, avec une bonne matraque et deux copains pour le maintenir chacun par un bras.

Je lui aplatirais le crâne comme un paillasson et je m'arrêterais que quand ma matraque serait plus qu'une poignée de sciure. Après quoi, j'irais chercher un autre pour recommencer. Demandez à n'importe quel type normal, il vous dira pareil. Aussi grossier qu'il puisse être dans son comportement, quelle que soit sa manière de se conduire avec des filles faites, il vous dira exactement ce que je dis, qu'il hésiterait pas à écorcher vif un de ces obsédés sexuels s'il le prenait sur le fait.

Ce qu'est curieux, justement, c'est que personne les prend *jamais* sur le fait, ces détraqués. À croire qu'après avoir commis ces crimes sadiques ils se volatilisent dans la nature. Jamais on les rencontre nulle part, dans les pubs, à bord, dans les dancings ou autres. Tout ce qu'on rencontre, c'est des types normaux, comme vous et moi. On dirait qu'ils restent terrés quelque part, ces cinglés, et qu'ils sortent de leur trou que quand ils flairent de l'agression dans l'air. Sûrement qu'ils ressemblent à l'autre équipe, ceux qui gribouillent sur les murs des vaters publics — peut-être même qu'ils sont affiliés, comme dans les syndicats — une sorte de vaste organisation clandestine que personne voit jamais et qui frappe toujours dans le noir, si j'ose dire.

Voilà déjà deux problèmes qui se poseraient plus, avec le système à Jimmy. Finies les maladies vénériennes et, d'après Jimmy, ça voudrait dire plus de bébés naissant aveugles ou demeurés parce que leur père ou leur mère était syphilitique, et deuxièmement, plus de crimes sexuels ; autrement dit, la possibilité pour les femmes et les gosses de se promener dans la campagne ou de sortir la nuit sans crainte d'être attaqués.

— Et troisièmement, il nous dit, pensez à tout ce qu'y a comme pédés dans le monde, et vous savez pourquoi ?

— Parce que ça leur rapporte cinq livres le coup, tiens ! je lui réponds.

— Non, fait Jimmy ; sans blague, c'est parce que ça les tracasse quand y a pas de femme à portée, alors ils s'adressent à un autre homme pour rigoler un brin. S'il y avait tout le temps des femmes disponibles, y aurait plus de pédales, c'est pas autre chose.

Pauvre vieux Toots…

Non, sérieusement, c'est comme ça que Jimmy voyait les choses. Tous les petits gars, dès qu'ils auraient leurs quinze ans, on les obligerait à aller au bordel du coin et à s'exécuter. On pourrait les conduire en rangs par escouade, tout droit de l'école, comme pour aller à la piscine et là, ils pourraient rester à se regarder opérer les uns et les autres, avec un professeur, ou peut-être même le directeur, histoire de leur montrer comment ça se pratique. Comme ça, les gosses sauraient que c'est une chose toute naturelle et qu'y a pas à en avoir honte. Et alors, quand le môme aurait chopé le truc, il aurait droit à un ticket gratuit une fois par semaine réglo, ce qui lui assurerait une bonne santé sexuelle et lui éviterait des tas d'ennuis. Il deviendrait jamais pédé, commettrait jamais de crimes sexuels et aurait jamais envie de s'amuser tout seul.

— Vous vous rendez compte, disait Jimmy, qu'un gouvernement qui organiserait une chaîne de bordels dans ce pays, il rendrait plus de services qu'avec toutes leurs écoles, leurs églises, leurs prêches et leurs prières… ? À propos de prêches et de prières, y a quelque chose que j'avais oublié : les pasteurs et les bons pères, y aurait un règlement pour eux aussi.

Chaque dimanche, après la messe, on les emmènerait tous en bande — dans un char à bancs, ou autre[1] — avec les chefs scouts, les maîtres de chapelle, organistes et bedeaux. De cette façon, on verrait plus de petits enfants se faire débaucher au catéchisme ou aux louveteaux…

Selon moi, Jimmy était le bon sens même, et il solutionnait un tas de problèmes. Drôlement futé, le Jimmy. À se demander ce qu'il faisait, à charger des wagons, avec tout ce qu'il avait dans le ciboulot. Mille fois plus marle que les mecs qui sont à la tête du pays. Sans blague, *eux*, ils ont eu des années pour tâcher de trouver une solution à ces problèmes-là, et où ils en sont ? Nulle part. Passent leur temps à élever des buildings tape-à-l'œil (des blocs entiers de ces stupides immeubles de bureaux, pour la plupart) et à crever la barrière du son dans des jets qu'ont coûté dans les cinquante millions de livres rien que pour cette espèce de bidule pointu qu'ils ont sur le nez. Et ils essaient de vous faire croire qu'il y a quelque chose de merveilleux dans tout ça, alors que c'est juste des amusements de gosses. « Jamais vous n'avez eu la vie aussi belle », qu'ils vous disent. N'empêche qu'à l'heure qu'il est, y a pas dans tout le pays une seule femme qui soit pas terrifiée à l'idée de sortir toute seule la nuit, ou de laisser ses gosses seuls plus de dix minutes. Comme quand la tante Joan elle a laissé la petite Julia ici, on la voyait chercher à la fenêtre de tous

1. Le char à bancs (motorisé, à présent) est encore utilisé, en Angleterre, pour les pique-niques en groupe.

les compartiments, tâcher de trouver quelqu'un de comme il faut pour lui confier la môme.

— Là où ils se trompent du tout au tout, qu'il disait, Jimmy, c'est en voulant supprimer la chose. Alors, ça devient clandestin. Ce qu'ils devraient faire, c'est se rendre compte que le sexe est une chose naturelle et qu'au lieu de voter des lois pour l'étouffer c'est au gouvernement de lui procurer des issues naturelles.

Il avait foutrement raison, moi, je vous le dis. C'est un vrai scandale que les femmes et les enfants puissent même plus circuler dans leur propre pays. Ce qu'il nous faut, c'est un type comme Jimmy qui prenne les choses en main, quelqu'un qui nettoie le pays, que les gens puissent enfin y vivre décemment.

Puis d'ailleurs, est-ce que ce serait pas formidable d'avoir ça partout à sa disposition, dans chaque ville, tout prêt et tout chaud, et légal, en plus ?

Mais y avait un drôle d'oiseau qui bossait avec nous : Budgie[1], on l'appelait. J'ai jamais su son vrai nom. Budgie, c'est tout. Il était bavard, vous pouvez pas savoir. Jamais j'ai entendu une pareille jactance. Et je te roule, et je te débloque, bla, bla, bla, toute la sainte journée et toute la nuit. Et toujours sur les trucs les plus idiots qui soient. Si seulement il avait parlé de femmes, de disques ou de films, ce genre de choses, il aurait pu être très bien. Mais pas ce vieux Budgie. Fallait tout le temps qu'il se pose

1. Budgie : approximativement « Bougeotte ».

des questions à propos de tout. Par exemple, on était là entre copains en train de jouer tranquillement aux cartes, après dîner, avec ce sacré Budgie assis à côté, qui se rongeait les ongles en regardant le ciel (il était tout le temps à se ronger les ongles et à regarder le ciel), attendant probablement que le bon Dieu en descende et lui dise : « Bonsoir, Budgie ». Bref, il se retourne et fait :

— Je me demande ce que ça signifie quand les nuages s'étirent de cette façon ?

Non mais, on a pas idée de penser à des conneries pareilles, simplement, parce que le ciel a l'air un peu bizarre. Enfin, quoi ! Tout le monde le sait, qu'y a le ciel, là-haut, et que s'il était pas là, on aurait pas de lumière pour y voir et faudrait se baguenauder dans le noir — mais question de le regarder, qui voulez-vous que ça intéresse ?

En plus de ça, fallait qu'il colle Dieu dans tout. Et la Mort aussi, par-dessus le marché. Supposons qu'on soit là, à se raconter une bonne histoire, eh ben, le Budgie, il se retourne, et fait, l'air sentencieux et tout :

— Vous n'avez donc pas peur de mourir et d'avoir à rendre compte à Dieu de tout ça ?

Parlez d'un morbide, cette espèce d'emplâtré ! Un de ces fanas de la religion, complètement fêlé, qui se trottait à l'église tous les jours ou à peu près, et qui voulait même pas vous écouter quand on essayait de lui raconter une histoire un peu salée ou bien ce qu'on avait fait avec la môme avec qui on était sorti la veille.

— Hé ! Budgie ! je lui disais, par exemple. Toi qui parles tout le temps du bon Dieu, paraît qu'on t'a vu avec une paire de pieds de bouc dans ton hamac.

On le voyait qui commençait à se mettre en colère, et puis, se rappelant qu'il était censé être chrétien, tendre l'autre joue et toutes ces foutaises ; et il se forçait à sourire, à prendre un air amical, comme s'il voyait pas d'inconvénient à ce qu'on le mette en boîte. Mais, à voir ses doigts s'agiter, on sentait bien que ça le démangeait dur de vous tordre le kiki.

— Hé ! Budgie, on lui disait, tu connais celle de l'archevêque et des deux écolières ?

Il devenait tout rouge et répondait :

— Si elle n'est pas convenable, je ne veux pas l'entendre.

Et si on insistait quand même pour la lui raconter, croyez-moi ou pas, eh ben, il s'en allait.

Je peux pas les piffer, moi, ces types-là. Des petits saints, des culs-bénis, à prétendre qu'ils valent mieux que tout le monde, qu'ils sont trop bien pour aller avec des poules. Pendant tout le temps qu'on travaillait ensemble, je m'étais bien promis de l'entreprendre et de lui flanquer une bonne dégelée, que ça lui serve de leçon. Et je l'aurais fait, à part que deux autres — Phil et Mickey, des camarades à moi — ils se sont dégonflés.

— Très peu pour nous, ils m'ont dit. Il est trop costaud, la vache.

Ce qui était vrai, en plus.

Vous aurait broyé tous les os de la main si on se la laissait agripper. Un jour, on s'est mis à lutter tous les deux, à faire les zouaves, histoire de rigoler, et il a bien failli me tuer.

— Un match amical, hein ? je lui avais dit.

Mais voilà que Phil et Mickey me glissent dans le tuyau de l'oreille de tâcher de l'esquinter un peu, en douce, de le sonner un bon coup et de le répandre, et ensuite de faire croire que c'était pas exprès : « Oh ! pardon, mon vieux Budgie. T'as pas de mal, au moins ? » pendant que lui serait là, allongé, le crâne ouvert. Chouette, non ? Seulement, ça s'est pas passé tout à fait de cette façon. Au lieu de ça, il m'a fait une clé au cou, quelque chose de terrifiant. Oh ! vingt dieux ! Tout juste s'il m'a pas arraché la tête. Ce qu'y avait, c'est que je pouvais pas crier, tellement il m'écrasait la gorge. Ce vieux Budgie se rendait même pas compte qu'il m'étranglait. Croyait que je faisais le mort, il m'a dit après. C'est pour ça qu'il avait desserré sa prise et que j'avais finalement pu me dégager. Faire le mort ? J'avais pas besoin de le faire, je l'étais déjà à moitié. Non, blague à part, si Phil et Mickey s'étaient pas rendu compte que je virais au violet, probable que je serais pas là pour vous raconter l'affaire. L'a fallu que j'aille à l'hôpital, après ça, me faire remettre tous les muscles du cou à l'endroit. Sans compter que Budgie, à l'entendre, il avait même pas serré, il voulait seulement rigoler. Il ne connaissait pas sa force, c'est tout.

— D'accord, je leur ai dit, mais nous, on est

trois. On viendra facilement à bout de lui. Ce qu'on va faire, on va attraper chacun un de ces rondins et lui tomber dessus de tous les côtés à la fois.

Y en avait tout un tas, de ces beaux petits rondins qu'on chargeait, longs de trois pieds et durs comme du bois de teck.

— C'est bon, dit Mickey. On l'assomme. Et après ? Qu'est-ce qui arrive ? Il guérit et nous tombe sur le paletot chacun notre tour.

— Moi non plus, j'en suis pas, dit Phil. Si l'envie me prend de me faire enlever les dents, j'irai chez le dentiste, que ça soit fait proprement, endormi et tout.

Et, comme ça, j'ai dû laisser tomber et Budgie s'en est tiré sans dommage. Entre nous, qu'est-ce que j'aurais pu faire d'autre, avec une bande de foies blancs comme Phil et Mickey pour m'épauler, hein ?

Toujours est-il que Jimmy finissait juste de nous exposer son système quand voilà que le Budgie vient mettre son grain de sel.

— Tu sais, Jimmy, il dit, c'est pas bête du tout, ton idée.

Sur le coup, ça m'a coupé le souffle, qu'il soit d'accord. Mais, pensez-vous ! C'était du bidon, sa façon à lui de finasser, faire mine d'être de notre avis pour nous endormir, le cochon de fourbe, vu que la minute d'après, il a commencé à y trouver des défauts, et tout ça de l'air le plus innocent du monde :

— Dis-nous donc une chose, Jimmy. Où prendras-tu les femmes, pour les meubler, toutes tes maisons ?

Vu que celles qui font le métier, actuellement, elles suffiront jamais à la tâche ; au bout de quarante-huit heures, on les ramasserait à la petite cuillère. Avec des relais d'équipes de jour et d'équipes de nuit, une maison de ce genre pour, disons… une centaine de types, j'ai idée qu'il t'en faudrait quelque chose comme deux millions de plus qu'y en a maintenant en circulation.

— Ça m'aurait étonné que t'y trouves pas à redire, *toi*, lui réplique Jimmy. N'empêche que ça poserait pas de problème. Elles sont tellement feignantes qu'elles se radineraient par milliers. Tu penses, pour ce boulot-là, on en verrait plus la fin. Rien d'autre à faire toute la journée que de s'allonger sur un plumard. Plein de pognon, plein de volupté, c'est l'idée que la plupart des femmes se font du Paradis.

Ce vieux Budgie lui éclate de rire au nez :

— Tu dérailles, Jimmy. J'aurais cru que *toi*, t'étais capable d'un peu de jugeote.

Ce qui revenait à dire que, nous autres, on était qu'une bande de cornichons.

— Pendant que tu y es, tu vas me dire aussi que ce métier leur plaît, aux prostituées, qu'elles passent tout leur temps à rêver d'un Adonis irrésistible dans ton genre qui les emmène au septième ciel.

Évidemment, on voyait bien que Jimmy était un peu hésitant, mais quand même on attendait ce qu'il allait répliquer. Comprenez, on lui faisait confiance, vu qu'il était comme qui dirait le cerveau de l'équipe. Ce que j'espérais, personnellement, c'est que Budgie, en se payant sa fiole, le mettrait en boule et que ça finirait entre eux deux par une bonne peignée. Oh ! mes enfants, c'est ça qu'aurait valu dix ! Jimmy, lui aussi, il était dur comme fer. Et j'ai dans l'idée que c'est lui qu'aurait eu le dessus, en plus. Fantastiquement costaud, il était, Jimmy. Un de ses trucs favoris, c'était de soulever un poids de vingt-cinq kilos entre le pouce et l'index, aussi facile que vous et moi on prendrait une pincée de sel pour assaisonner notre soupe. Une fois, Budgie a essayé, lui aussi, mais il a pas été capable de le soulever tout à fait du pont, seulement à moitié, après quoi il l'a laissé retomber. Jimmy et lui, ils ont une fois passé une demi-journée à voir lequel était le plus fort des deux, en soulevant des poids incroyablement lourds tout au long des quais. D'abord, ils ont commencé par lever chacun cinquante kilos au-dessus de leur tête, sans effort, un jeu d'enfant. Après ça, ils s'avancent vers le tas de lingots de plomb qu'y avait là, des lingots de cent vingt-cinq kilos chaque, et ils réussissent à en soulever deux (attention, deux l'un sur l'autre !). Ensuite, les voilà partis à déambuler à travers les docks, histoire de voir qui était le meilleur à redresser des balles de coton grosses comme des maisons, à tenir des trente kilos à bout de bras ou encore à soulever par un bout des troncs de teck de plus d'une demi-tonne, et la seule différence entre eux, c'était ce petit truc que Budgie pouvait pas faire, soulever le poids entre le pouce et l'index.

Oh ! malheur, qu'est-ce que j'aurais pas donné pour assister à une empoignade entre ces deux-là ! La bataille du siècle, ç'aurait été.

Mais Jimmy, il a pas réagi, seulement hésité, comme qui dirait. Et finalement, il a répondu :

— Je dis pas qu'elles *aiment* faire ce métier. Moi, à leur place, je le ferais pas, avec tous ces salingues qui se lavent jamais… N'empêche qu'elles viendraient, pour le fric, dans les cinquante livres par semaine, et elles finiraient par s'endurcir et par plus s'en soucier.

C'est là que ce vieux Budgie il a commencé pour de bon à en faire du petit bois, de son système, disant que ça coûterait des fortunes à organiser, demandant si on dresserait les filles à l'école ou bien si on les laisserait apprendre le boulot sur le tas, et voulant savoir ce qu'on ferait de toute cette fesse une fois qu'elles seraient devenues tellement affreuses que personne voudrait même plus cracher ses cinq shillings pour aller avec elles, même dans le noir et même avec un sac sur la tête. Et finalement, il dit :

— D'ailleurs, de toute façon, je crois pas que ça changerait quoi que ce soit. Si on veut que les gens se conduisent proprement, faut d'abord les *empêcher* de penser à des choses indécentes, faire qu'ils s'intéressent à ce qui est bien, convenable…

Comme d'aller le dimanche à la messe, je parie qu'il voulait dire, ou bien rester toute la soirée à lorgner le ciel en s'interrogeant sur la forme des nuages.

— Le sexe, c'est comme un muscle. (Là, il était vraiment lancé.) Plus on l'exerce, plus il forcit ; ce qui fait que si tu expédies tout le monde au bobinard avant même d'avoir quitté l'école, t'auras le pays le plus corrompu, le plus pourri, le plus déchaîné du monde, sexuellement parlant, où pas une femme, pas un gosse, pas même un chat ne serait en sécurité dans les rues, et la nation tout entière, elle serait vingt-quatre heures sur vingt-quatre livrée à la pire débauche et plombée jusqu'aux yeux. Et Dieu sait que c'est déjà assez moche à l'heure qu'il est avec tous les livres cochons, les photos obscènes, les ignobles journaux du dimanche, les réflexions dégueulasses au travail, à l'atelier, partout, les plaisanteries ordurières... Comment voulez-vous que les enfants puissent éviter de mal tourner, ils ont le cerveau perverti avant même d'avoir fini leurs études.

— Ouais, fait Mickey, de nos jours, c'est plus la peine de lever les filles quand elles quittent l'école — sont déjà plus vierges — faut les choper déjà *avant* qu'elles y entrent.

Ce qui était très marrant et nous a tous fait tordre comme des baleines, sauf Budgie. Il avait pas le sens de l'humour. Il se rendait même pas compte qu'on blaguait et continuait à chercher des poux dans le système à Jimmy.

— Qu'est-ce qu'elles vont dire, les femmes, il demandait, en apprenant que leurs hommes vont dans des établissements de ce genre, et combien de mères vont supporter sans rien dire de voir leurs fils expédiés au bordel par leurs professeurs ? Ta combine ne marchera pas, Jimmy, parce que les gens sont peut-être dépravés pour beaucoup de choses, mais la plupart ont quand même *envie* de se conduire décemment.

Ce qui vous montre à quel point la colère le faisait dérailler ; le premier venu doué d'un peu de bon sens vous dira que c'est exactement le contraire : la plupart des gens sont pas moitié aussi dégoûtants qu'ils voudraient avoir l'occasion de l'être.

Mais il commençait à nous canuler, avec son prêche. Alors on a changé de sujet, et on s'est mis à causer pédés, histoire de l'embêter et de le faire descendre de son estrade. Jimmy nous a montré une photo qu'il avait de la famille Tuyau de Poêle et on s'est payé une pinte de bon sang. Sauf ce vieux Budgie. Il a même pas voulu regarder, en disant que c'était répugnant. Je parierais bien qu'il en était un peu aussi, de la jaquette, et que s'il voulait pas regarder, c'est parce que ça l'aurait rendu salement jaloux.

Blague à part, c'est une honte que personne ait jamais rien fait, à ce sujet-là. Je parle du système à Jimmy. Ça éviterait d'avoir à naviguer pour trouver son content de sexe légal et tout. On pourrait même en installer dans les trains, genre wagon spécial avec des petits compartiments surmontés d'une loupiote, que tout le monde sache à quoi s'en tenir. Et une grande pancarte sur la porte : RÉSERVÉ AUX

HOMMES. On le collerait par exemple au milieu du convoi, à côté du wagon-restaurant et du bar, qu'on puisse vraiment s'en payer un maximum dans le minimum de temps sans avoir à se crever à cavaler des kilomètres à pied. D'abord, on s'en file plein la lampe au restaurant, ensuite deux ou trois verres au bar pour se mettre en bonne forme et hop ! Prestement, un saut à côté, histoire de profiter de la bonne forme due aux consommes prises au bar. Chouette, non ? Plus question de se barber dans le train, avec un système pareil, on dormirait comme un bébé une fois retourné à son compartiment. Et quand *moi* je regagnerais ma place, ce serait avec un coquin petit bout de soutien-gorge ou bien une culotte de dentelle noire qui dépasserait de ma poche, et le large sourire du type comblé et groggy de sommeil. Mince alors ! Ça les rendrait encore plus cinglées, les deux bonnes sœurs, qu'à me voir lire les pin-up.

Mais ce micmac d'hier soir, aucun rapport avec le système de Jimmy. À bien réfléchir, c'était même un foutu carnage, et d'avoir cassé tous les carreaux de la rue, ça m'a quand même pas consolé d'avoir perdu neuf livres et d'avoir eu mon complet gris tout neuf complètement esquinté. Chaque fois qu'on est mêlé à une bagarre, c'est réglo, c'est un complet neuf qui se fait la paire. Jamais il arrive rien, vous remarquerez, quand on est en salopette, le truc idéal pour les coups de tabac, mais on a pas plutôt mis une chemise propre, une cravate et un costume potable que le feu d'artifice commence et que tout ça finit par macérer dans la bière, le sang, le dégueulis ou autre.

J'ai été obligé de jeter la veste, ce matin, au Foyer du Marin. C'est vrai, ça, je pouvais pas la porter chez le teinturier, pas dans l'état qu'elle était, et j'allais pas me mettre à la nettoyer *moi-même*. Elle cocottait, quelque chose d'abominable. Et quand bien même je l'aurais lavée, j'aurais sûrement pas pu enlever les taches de sang, le gris clair, ça marque trop. Mais ce que j'ai fait, j'ai vidé toutes les poches : portefeuille (à sec), livret de marin, deux tire-jus raidis de sang séché, après quoi je l'ai pendue sur le cintre, dans le placard. Le prochain type qui l'ouvre, qu'est-ce qu'il va déguster ! Il va en tomber à la renverse.

Le pantalon, il a pas de mal, je dois dire. Ce matin, je l'ai plié dans ma cantine, après avoir passé le gris anthracite. À la première occasion, je le renvoie chez nous et je me fais faire une autre veste par le tailleur, dans le même tissu. Comme ça, j'y aurai perdu que la moitié d'un complet au lieu d'avoir paumé tout le saint-frusquin.

Toujours est-il que ça a commencé quand les copains et moi, on a décidé de descendre à terre se rincer un peu la glotte. En principe, ça devait être notre dernière bordée en Angleterre, vu que le bateau appareillait à deux heures du matin — à marée haute — et que la seule autre occasion qu'on aurait serait quand on toucherait Londres avant de mettre le cap sur l'Afrique orientale. C'est ça, notre destination. Droit au Sud. Et ensuite le tour du monde. Et retour. Marrant, quand on y pense. On met un an à faire tout le tour du globe et, au bout d'un an, où est-ce qu'on en est ? Revenu exactement à l'endroit d'où on est parti.

Dix heures venaient de sonner et ça faisait deux, trois heures qu'on était dans le pub. Nous six, moi et mon vieux pote, Charlie Hands, et quatre autres mecs que je connaissais pas et qu'avaient signé leur engagement le matin même. Bref, dix heures venaient de sonner, comme je vous le disais, et on picolait ferme depuis huit heures à peu près, quand je me dis qu'il était temps de pomper l'eau des cales. Je me souviens de l'heure vu que Charlie venait de me la demander.

— Dix heures six, je lui réponds, sur quoi il propose de s'en taper encore quelques pintes avant que le taulier jette l'éponge.

Entre nous, c'était idiot. La table était plus qu'un bloc compact de verres et de bouteilles, de quoi nous permettre de tenir encore une bonne demi-heure. Mais ça, c'était du Charlie tout pur. Fallait absolument qu'il se conduise comme un porc.

— C'est dehors, les vécés, me dit le barman, tournez à gauche, c'est juste au coin.

On y était bien, là, tout près du centre, avec toutes ces lumières et tout ce trafic ; animé et vivant, c'était, agréable au possible. On se sent bien quand ça grouille de monde comme ça, avec les poivrots qu'essaient de chanter *Nellie Dean* tous en chœur et qu'en font un vrai goulasch, mettant quelque chose comme cinq minutes à débiter chaque phrase. Une chouette ambiance, quoi, et il en a pas fallu plus pour me mettre en train, question fleurette et bagatelle.

En revenant de l'urinoir, comme on dit chez les gens distingués, je m'adosse au réverbère du coin, vu que je me sentais un peu flageolant sur les guibolles. Ça fait toujours cet effet-là, la gnôle. Dedans, on se sent d'aplomb, solide comme un roc, mais une bonne goulée d'air frais et, hop ! tout commence à tourner quelque chose d'insensé.

Bref, juste passé le coin, y avait une espèce de ruelle très étroite, plutôt un genre de passage, c'était. Et qu'est-ce que je vois, un peu plus loin dans le passage ? Une poule toute seule, appuyée au mur. Je ne fais ni une, ni deux, je fonce. Entre nous, on repère une jeunesse comme ça toute seulette, rien qu'elle et vous sans personne autour, on se sent automatiquement d'attaque et on rapplique comme un seul homme. Je me disais : le mieux, c'est d'y aller au charme, en douceur, de façon qu'elle s'effarouche pas, et voir si des fois y a pas moyen de fricoter un brin. Alors, je m'adosse au réverbère, les mains dans les poches, et je lui lance une de ces œillades appuyées, je vous dis que ça. Là-dessus, elle me fait :

— Hé ! Vous êtes matelot ?

Ce qu'a rien de tellement miraculeux, entre nous. Facile, de repérer un marin. Sont toujours si bronzés, si bien nourris d'allure, ils ressemblent en rien à ces déchets qu'on rencontre à terre et qu'ont pas vu le soleil depuis bientôt vingt ans.

— Ouais, je lui réponds, et qu'est-ce que ça peut vous faire ?

— T'as envie d'une femme ? elle me sort sans plus de façon.

Pas besoin de permission, celle-là. C'était pas exactement le genre timide.

Elle se détachait nettement de l'ombre, à cause de son imper blanc. L'air pas mal, autant que je pouvais en juger. Voyez ce que je veux dire, rien d'une grosse dondon ou d'une mocheté, non, plutôt jeunette, mince avec de la mignonne gambille. Beaucoup mieux que la plupart de ce qu'on voit, pas d'erreur. Comme je le disais, je commençais à m'en ressentir sérieusement.

Enfin quoi, une femme c'est une femme, en fin de compte, et, dans le noir, elles se ressemblent toutes, plus ou moins. D'ailleurs, y a pas de séance d'institut de beauté qui vaille sept ou huit bonnes pintes d'ale. Dans la lampe, je veux dire. *Tout* paraît merveilleux, à ce moment-là.

— Ça dépend, je réponds en sortant mon étui et en allumant une cigarette, comme on les voit faire dans les films.

Vous savez bien, chaque fois que le type arrive à un coin de rue, il stoppe, sort son étui, prend une pipe, la tapote sur l'étui et puis l'allume, de façon qu'elle éclaire une seconde son visage. Je l'ai très bien chopé, le truc. Je referme l'étui d'un coup sec, d'une pichenette j'allume le briquet — en or massif tous les deux. Très chic. Ensuite, je m'adosse au réverbère, je tire une bouffée et je souffle un épais nuage de fumée. Je devais drôlement en jeter avec mon gris anthracite et tout.

Alors je lui dis, toujours le style nonchalant :

— Combien ?

Pas le genre fauché, notez bien, mais plutôt comme si je me demandais si elle était assez bien pour que je m'intéresse à elle.

Quand je lui ai posé la question, elle était toujours adossée au mur, les bras croisés, et, tout d'un coup, elle se redresse et ouvre son manteau : Nue comme la main.

— Trois livres, elle répond. On peut aller chez moi, c'est juste passé le coin, dans l'autre rue.

J'étais assez rond et drôlement allumé, mais le coup du « aller chez moi » m'a tout de suite refroidi. Je revoyais le vieux Nobby ramené au bateau sur un brancard avec sa bouche en sang. Ce soir-là, justement, il tenait absolument à m'emmener, en plus. Il arrêtait pas de venir me chercher dans ma cabine et d'insister. Au moins trois fois de suite, une fois dans l'après-midi, puis vers six heures, et finalement après s'être mis sur son trente et un et prêt à décoller.

— Allez, vieux ! il répétait. À nous deux, on aura vite fait de s'envoyer en l'air. Pense aux flopées d'artistes qui nous attendent dehors. Avec ta bonne mine et mon fric, ça va être de la tarte.

« Une flopée d'artistes. » Quelle imagination, ce vieux Nobby !

Ça me disait rien, quand même. Ce soir-là, je m'en ressentais pas une miette pour les pubs et autres.

— Vas-y tout seul, je lui ai dit. Je te laisse ma part.

Et quand il a été parti, tout bêtement, j'ai pris un transat et je suis resté assis là, à contempler le coucher de soleil. Tous les autres gars étaient descendus, eux aussi, alors le navire était désert. C'était bath, le coin, tellement tranquille : tous les dockers rentrés chez eux, les grues immobiles, un silence de mort, et moi là, à regarder le coucher de soleil et le vol des mouettes. Elles arrêtaient pas de voler en direction du bateau, glissant sur la mer au point que leur ventre effleurait l'eau et puis, une fois passées, d'un tout petit coup d'aile, elles piquaient droit vers le ciel, se retournaient tout là-haut et recommençaient leur manège.

C'était joli de les voir passer en flèche dans tous les sens. Je sais bien que c'est que des nettoyeuses de poubelles et que tout ce qu'elles cherchaient, c'était les détritus jetés du bateau, mais elles en étaient pas moins chouettes à voir. Je suis resté là à les regarder pendant des heures.

Toujours est-il qu'au bout d'à peu près une heure voilà que s'amène un vieux bonhomme dans une barque. Tout le long de l'épaisse ligne rouge du soleil couchant, il venait, en ramant tout doucement et en regardant autour de lui avec un petit sourire.

En passant, il lève les yeux et m'aperçoit.

— Salut ! il fait, tout ce qu'il y a d'amical.

Rien de plus, je dois dire. Simplement « salut » et un petit sourire.

— Salut ! je lui retourne.

C'était tellement calme, tout autour, que nos voix devaient s'entendre à des kilomètres.

Même quand il a fait nuit, je suis resté là, à regarder les reflets des lumières dans l'eau, les étoiles qui se pointaient au ciel. Je sais pas ce qui m'a pris, ce soir là, probable que je devais couver un malaise ou je ne sais quoi. Et pourtant, le lendemain matin, je me sentais tout requinqué. Bizarre, non ? Enfin, quoi, devait y avoir *quelque chose* qui clochait avec moi. Vous avouerez que c'est pas normal d'avoir envie de rester tout seul au calme alors qu'on pourrait être en train de se marrer avec les copains.

Et puis, vers les deux heures du matin, les flics ont ramené ce vieux Nobby. Oh ! malheur, dans quel état il était ! J'étais drôlement joice d'avoir finalement refusé de descendre à terre avec lui, sans ça je me faisais matraquer et assassiner à coups de pompe, moi aussi.

Il l'avait pas volé, ce passage à tabac, entre nous. À force de le chercher, c'était fatal. Trop, c'est trop. Pas moyen seulement de relacer ses souliers quand il était dans les parages, à moins d'avoir trouvé d'abord une place où s'asseoir. Toujours sur la brèche, ce vieux Nobby. Il avait bien mérité son nom, faut dire[1].

Je ruminais tout ça pendant que j'étais appuyé au réverbère. D'autres choses aussi. Par exemple, ce

1. Nobby : rupin, aristo, gandin mais aussi, par erreur étymologique (dérivée de « Knob », dans son sens obscène) : chaud lapin.

qu'une fille comme elle pouvait me passer, si elle s'était seulement lavée depuis le dernier Christmas, et de penser à ces choses, je me sentais tout d'un coup beaucoup moins chaud. Ce qu'y a, c'est que, sur les bateaux, on se tient propre. Mais *vraiment* propre. À la douche deux fois par jour, le linge de corps changé tous les soirs, les complets nettoyés et brossés comme il faut. Tenez, jusqu'aux bleus de travail, on les lave tous les deux jours. Pas comme ces gens à terre qu'estiment qu'un bain et en changeant de linge une fois par semaine, c'est le bout du monde. Alors quand on rencontre quelqu'un comme elle, on y réfléchit à deux fois. Non, sans blague, j'ai rien d'un animal ; on a de l'amour-propre, quand même.

Et puis, j'ai pensé à la bouille des autres : jaloux, ils seraient, quand, en rentrant dans le pub, je leur annoncerais la chose. Vous voyez d'ici la scène : eux installés tout autour de la table encombrée de verres, et moi qui me radine : « M'excuse, mais je peux pas rester, les enfants. Y a une môme qui m'attend là, dehors. » Mine de rien, nonchalant, comprenez, comme si c'était chose tellement courante que je peux pas imaginer que ça se passe autrement. J'écluse mon verre cul sec et, sans leur laisser le temps de l'ouvrir, je reluque ma trotteuse :

— Je peux vraiment pas rester, les amis... Faire poireauter la petite dame... Alors, à plus tard. D'ici une heure, au bateau...

Et hop ! Je me casse, les laissant tous là estomaqués. Et le lendemain matin, qu'est-ce que je leur en ferais baver. La coqueluche de ces dames, Don Juan et tout le tremblement…

— Alors, fait la môme, tu te décides, chéri ? C'est oui ou c'est non ?

Ça faisait cinq bonnes minutes que je la regardais, les yeux écarquillés, et elle finissait par perdre patience. Planté là, sans rien dire, à la guigner comme ça, de côté, moi, j'en avais l'eau à la bouche. Pour de vrai, en plus. Je commençais à saliver sur mon gilet. J'étais fin saoul.

— C'est bon, je dis en me redressant, mais pas chez toi… On trouvera un hôtel quelque part et on louera une piaule pour une heure.

J'étais revenu sur mon idée de prévenir les autres. Pensez, en apprenant qu'il y avait une femme dehors, ils m'auraient pas laissé une chance de jouer les Casanova. Ç'aurait déclenché une telle ruée que j'aurais pu m'estimer verni de pas être écrasé dans la bagarre. Alors je me dis, qu'ils aillent se faire coller, on se reverra au bateau. Un moment, j'ai pensé qu'en me voyant pas revenir ils chercheraient peut-être après moi. Mais ça tient pas debout. Les camarades de bord, ils s'en tapent, de ce qui peut bien vous arriver. On pourrait crever, pas une miette, ils s'en feraient. Même crever *pour de bon*, je veux dire, pensez-vous qu'ils vous plaindraient ? « Pauvre vieille noix », ils diraient, et, là-dessus, ils retourneraient se noircir avec quelqu'un d'autre.

Nous voilà donc partis le long de la rue, tous les deux.

Vous croyez peut-être qu'on a trouvé un coin

pour faire notre affaire ? Je t'en fous, oui ! On en a bien fait une demi-douzaine, de ces hôtels de passe, mais ils étaient tous bourrés à craquer, jusqu'à dix dans un lit, et même étalés sur le palier. Devant tous, y avait la queue. Pas sur un rang, notez bien, trop voyant, mais assis un peu partout, faisant mine d'attendre quelqu'un à sa descente d'escalier. Ce qu'était le cas, d'ailleurs. Les types et les poules, tous par paire. Ils attendaient qu'il y ait un lit de libre, là-haut.

La mienne commençait à avoir mal aux pinceaux à force de marcher. Au tout dernier, elle me dit :

— Restons là. Attendons qu'il y ait un lit de libre.

Non mais, pour qui elle me prenait ! S'imaginait que j'allais foncer tête baissée dans un plumard encore tout chaud des galipettes d'une vingtaine d'autres types ! Jamais. Comme je le disais, moi, je suis difficile pour ce genre de choses.

— Oh ! sois gentille, quoi ! je lui dis. J'en ai ma claque aussi, mais je la saute pas à ce point-là.

Une fois redémarrés, elle commence à traînailler, tout en geignant et en piaillant qu'on ferait mieux d'aller chez elle. Moi, je commençais à l'avoir sec. Et, pour arranger le tout, y avait mes souliers neufs — les noirs — qui me sciaient le derrière des talons et me faisaient danser une méchante polka. On devait être ridicules tous les deux, à clopiner le long de la rue comme deux pensionnaires de l'asile des vieux.

— 'Coute-moi bien, je lui crache quand elle

recommence à me bassiner avec son « chez elle », je veux pas y foutre les pieds, chez toi. On finira par trouver quelque part où aller.

À ce moment-là, c'est *elle* qui va au pétard. Elle s'arrête pile, au milieu de cette petite rue tranquille :

— Et toi, si tu t'imagines une seconde que je vais me traîner toute la nuit derrière toi, tu te goures, mon bonhomme. Et pas qu'un peu. C'est pas comme si t'étais Rudolph Valentino ou j'sais pas qui... Tout ce que j'en retire, moi, c'est mes trois livres, alors, ou bien tu te décides à tirer ta crampe ici et tout de suite, ou bien je retourne tout droit à mon bout de ruban.

La garce ! Parlez si je lui en voulais ! Sa façon de dire « toi », comme si j'étais quelque chose d'encore moins ragoûtant qu'une vieille serpillière. J'avais une de ces envies de lui coller mon poing dans les gencives ! Mais je pouvais pas, j'avais les boyaux noués à l'idée de ce qu'elle avait à offrir et fallait que je ravale mon amour-propre.

— Ça va, *ça va* ! je lâche entre mes dents, mais braille pas comme ça, tu vas réveiller tout le quartier !

Elle avait une de ces voix claironnantes qui portaient à des kilomètres. C'était d'ailleurs pas l'affaire que j'avais crue au départ, il s'en fallait. Assez viocarde, même. C'est probablement pour ça qu'elle se tenait dans cette ruelle sombre pour lever les clients, de façon qu'on voie pas son âge. Et probablement aussi que sa petite piaule crasseuse devait être éclairée à la bougie pour qu'on puisse pas bien voir la camelote et ramener le tarif à quatre shillings et demi. Trois livres? Un culot diabolique, oui! Avec une frime comme la sienne, elle aurait dû prendre dans les cinq pipes le coup, en vous laissant les clopes, encore.

Malgré tout, j'étais déjà plus ou moins embarqué dans cette histoire. Après avoir fait tant de chemin à pied, je pouvais tout de même pas laisser tomber au dernier moment, pas vrai? Et d'ailleurs, je voulais avoir quelque chose à raconter aux gars, à mon retour. J'aime pas raconter des craques, à propos des femmes — pas comme les autres le font, en tout cas. Je veux dire, je déteste pas en remettre un peu, broder avec des histoires de jeunes vierges ravissantes et tout, mais il faut au moins qu'il se soit passé un petit quelque chose. Des mecs, y en a, c'est pure invention de A jusqu'à Z, alors qu'ils ont même pas été avec une femme, qu'ils ont passé toute la soirée à se cuiter tout seuls. Tenez, par exemple, Tony, le copain qu'était avec nous quand on se rappelait nos quatre cents coups. Y a Jerry, l'autre gars, qui commence en premier son histoire de la poule qu'il avait eue au ciné dans les derniers rangs d'orchestre. Eh ben, Jerry, c'est le roi des menteurs, parce qu'il faudrait être l'homme serpent pour réussir un pareil numéro, surtout avec les bras du fauteuil et tout. Après Jerry, je prends la suite et je leur raconte comment j'ai tombé Maureen, avec qui je sortais dans le temps et qu'était vierge, *avant* de m'avoir connu, entendons-nous. Et ensuite, c'est au tour de Tony de nous parler de la fille qu'il avait eue dans le parc. Tout d'abord, Jerry et moi on en croyait pas nos oreilles et puis nous voilà partis tous les deux à nous tire-bouchonner, et Tony qui pique un de ces fards ! Non sans blague, je vais pas vous répéter ce qu'il disait, mais c'était clair comme le jour qu'il savait même pas comment c'est bâti, une fille. Pour un tombeur, vous avouerez que c'est curieux, non ?

Mais moi, je suis incapable de ce genre de choses. Peut-être parce que j'ai pas beaucoup d'imagination, j'arrive pas à inventer ces trucs aussi facilement que d'autres. Pourtant, je crois pas — manquer d'imagination, je veux dire — et le fond de la chose, c'est que j'aime pas raconter des salades. Je suis plus honnête que la plupart des types. Toujours est-il qu'on s'est arrêtés et qu'on a fait ça là, dans la rue, elle pour ses trois livres et moi pour avoir une histoire à enjoliver.

Y avait une large ruelle qui débouchait juste en face de nous, où il faisait noir comme dans un four, passé le coin du réverbère. On est donc entrés là-dedans et je commençais à la tripoter quand elle me repousse un bon coup et me fait :

— Hé ! l'argent d'abord !

Et, après avoir sorti mes trois livres, l'a fallu que je me penche jusque dans la lumière pour bien m'assurer que c'était des billets d'une livre et pas de cinq. Ensuite, c'est *elle* qu'a fait le même manège, de crainte que je lui refile en douce des biftons de dix shillings. Je commençais à voir rouge, je vous jure.

Après ça, elle se met à m'aguicher, à faire dans le genre sexy, histoire sans doute de m'en donner pour mon argent, genre conscience professionnelle et tout ça. Quelque chose comme une heure et dix kilomètres sans boire plus tard, je sens que je vais partir et, juste à ce moment-là, qu'est-ce qu'elle s'en va inventer ? Simplement de me forcer les dents, et de me fourrer sa langue dans la bouche. Sexy ? J'ai failli vomir. J'ai horreur de ça, même de la part d'une fille bien et propre, mais avec celle-là, c'était tout bonnement répugnant.

J'avais la tremblote dans les genoux, comme ça arrive généralement dans ces cas-là, alors l'idée me vient de la plaquer par terre. Entre nous, y a rien de meilleur, ça ajoute du piment à la sauce, d'avoir à se bagarrer un peu d'abord, c'est cent fois mieux que si elle reste allongée et se laisse faire. On se sent merveilleusement mâle et brutal, comme si on s'attaquait à une chose défendue.

De l'autre côté de l'eau, ils font des boîtes qui sont spécialisées dans ce genre de trucs. Y en a pour tous les goûts. Des femmes habillées en petites filles, en garçons, comme votre propre mère, même, si on a de ces envies-là. Mais demandez à n'importe quel type qui les a toutes essayées, il vous dira comme moi que les meilleures, c'est celles qui se laissent pas faire, qui se défendent dur. À moi aussi, c'est mes préférées.

Jimmy, il avait un nom pour ça : « Du sexe, il y en a de deux sortes, il disait : le conjugal et le brut ». Le conjugal, c'est celui qu'on a avec sa femme, du tous les jours, fade et assommant, mais le sexe brut, c'est formidable, mille fois meilleur, comme quand on le fait avec la femme d'un autre, ou bien qu'on lève un petit lot pour soi tout seul. Vous pouvez être tranquille que si y a tant de femmes qui se font agresser dans tous les coins, c'est pas du tout parce que les gars sont assoiffés de sexe. Moitié du temps, ils sont mariés et peuvent s'en payer quand ça leur chante. Non, la vraie raison, c'est que c'est plus excitant de cette façon-là.

L'idée m'est donc venue de la plaquer à terre, histoire de mettre un peu de mouvement. Ça semble facile, hein ? Essayez donc un jour, surtout si vous êtes rond et avec une poule qu'en voit autant toutes les nuits de son existence.

Tout d'abord, quand j'ai voulu la soulever, on a comme qui dirait trébuché contre le mur, et là je me suis râpé les jointures sur ces saletés de briques. Et alors, avant que j'aie pu lui agripper les poignets, elle m'a écorché la moitié de la figure avec ses ongles et a bien failli m'arracher un œil. Croyez-moi, à ce moment-là, j'en avais tellement marre que je voulais laisser tomber et retourner au bar retrouver les copains avant qu'ils s'en aillent. Et je l'aurais fait, je vous promets, si j'avais pu récupérer mes trois livres. Mais personne a jamais entendu parler d'un type qu'ait réussi à se faire rembourser par une prostituée. En comparaison, tirer du sang d'une pierre, ça serait une affaire de deux minutes.

Juste à ce moment-là, quand je m'apprêtais à laisser tomber, j'ai eu un coup de pot. La môme se débattait comme une furie pour retourner vers la lumière, quand voilà qu'elle se prend le pied dans une espèce de grille et s'étale à plat ventre. Moi, vif comme l'éclair, je la coince. En fait, c'était pas tuant, vu que j'avais trébuché dans ses jambes, moi aussi, et que j'étais tombé sur elle comme une masse. Elle commence à ruer, à jurer, en essayant de brailler quelque chose. Elle était pas bien costaud, faut dire. J'ai pas eu de mal à la clouer par terre.

— La ferme ! je lui fais, de crainte qu'elle ameute toute la rue avec ses beuglées.

Je lui colle ma main sur la bouche, et elle manque emporter la moitié de mes doigts d'un coup de dents ! Misère, parlez d'un gâchis ! Dire qu'il avait fallu que je la rencontre, celle-là ! Écœuré, j'étais. Au lieu d'aller boire un verre en père pénard avec les gars, faire une partie de fléchettes et s'en retourner à bord, en chantant en chœur et en rigolant ! Et maintenant, j'étais coincé dans cette ruelle infecte, avec une espèce de vieille taupe, en train de saloper mon complet neuf, à me rouler par terre...

Et voilà que le jet d'une torche électrique me frappe en pleine figure et se promène sur nous deux, étalés en travers du pont. La fille, pelée comme un oignon, le visage crispé, moitié folle de rage et moitié terrifiée, et moi à genoux sur sa poitrine, tâchant de l'empêcher de mordre et de griffer. Ficelle elle était, faut reconnaître. Chaque fois que je lui attrapais les poignets, elle tâchait de me mordre les doigts, et j'avais pas plus tôt enlevé ma main de là qu'elle s'attaquait à ma figure à coups d'ongles. Et elle commençait à avoir le dessus, en plus. Comprenez, c'est bougrement plus facile de trouver la tête de quelqu'un dans le noir que de lui attraper les poignets. Encore heureux qu'elle devait être ce genre de détraquée nerveuse qui se ronge les ongles jusqu'au coude, parce qu'à vrai dire elle m'a pas tellement marqué, ni fait saigner ni rien. Ç'aurait été une tout autre histoire si elle avait eu de ces espèces de longues griffes pointues comme *certaines* en ont ; à l'heure qu'il est, je serais assis dans le train avec un de ces grands bergers allemands qu'ont une poignée dans le dos, pour que les aveugles s'accrochent après. Elle m'aurait bel et bien arraché les deux yeux de la tête. Mais ce matin, au Foyer, c'est à peine si ça se voyait. À part quand j'ai dû raser les deux, trois croûtes que j'avais sous le menton et qui m'ont fait un mal de chien.

Toujours est-il que quand cette torche nous a éclairés on est restés cloués sur place. On croyait que c'étaient les cognes, et elle ne tenait pas plus que moi à se faire ramasser.

« Oh ! misère, je me disais, ça suffisait pas comme ça, faut encore que les flics se mettent de la partie ! » Vous nous voyez d'ici embarqués tous les deux et bouclés, moi ratant le bateau avec toutes mes affaires à bord, les histoires avec le Syndicat, la perte de mon livret… ?

J'osais même pas y penser. J'avais déjà eu tellement d'emmerdements jusque-là que le moindre pépin supplémentaire m'aurait fini ; j'étais au bout de mon rouleau. Je voyais plus qu'une chose : bondir sur mes pieds, cavaler le long de la ruelle, loin de la lumière, loin de tout.

On voyait pas où elle menait, cette ruelle, tellement il faisait noir. C'était peut-être une impasse, ou peut-être qu'elle donnait tout droit sur un canal ou sur une voie de chemin de fer et que je me ferais écraser en débouchant de l'autre côté, mais ça m'était égal. Tout m'était égal, tout, à condition que je me tire de là. Probable que j'aurais détalé comme un perdu dans le noir sans même voir le bout de mes pieds et que j'aurais fini par rentrer pile dans un tas de poubelles puantes laissées par les gens devant leur porte de derrière. Bien ma veine…

Mais c'était pas un flic, c'était un gamin en train de jouer qu'avait entendu notre séance de pancrace et qu'avait eu la bonne idée d'essayer sa torche sur nous. On voyait rien d'autre qu'une énorme lueur aveuglante, mais on se rendait compte, à la voix, que c'était qu'un gosse.

— 'Spèce de sale dégoûtant ! il me braille en pleine figure.

Et là-dessus, le voilà qui crie à ses copains de venir voir un type couché sur une poule, dans le caniveau.

J'étais fou, mais fou. Qu'est-ce que c'est que ces parents à la manque qui laissent des gosses vadrouiller dans les rues à ces heures-là pour s'attirer des histoires, bon Dieu ! Ça devrait être interdit. Devrait y avoir une loi qui les oblige à être couchés avant huit heures et demie, hors de portée de malfaisance.

Là-dessus, toute la bande rapplique en courant et se plante derrière la lumière en rigolant et en lançant des vannes :

— File-lui-z-en un de ma part…

— Ooh ! dis donc, ça doit être fameux, hein ?

Entre-temps, la fille avait cessé d'avoir peur et recommençait à ruer et à se débattre.

Mon manteau ! elle gueulait. Mon manteau neuf ! Ôte-toi de là, espèce de fumier, tu vas me le saloper complètement.

J'ai failli me mettre à pleurer. Non, je vous jure ! Je suis devenu comme dingue, tout d'un coup. Je pousse une beuglée et je me jette sur les gosses. Mais, pensez-vous, ils m'ont laissé sur place et se sont éparpillés dans la nature en rigolant et en hurlant comme des possédés. J'allais quand même en choper un, mais la fille m'attrape par un pied et je fais un plongeon sur les pavés.

— Ouais, ouais, ils gueulaient, on va appeler les flics. Au secours ! Au secours, police ! tout en martelant les portes à coups de pied et de poing.

Un peu partout, ça commençait à s'allumer. Les têtes se montraient aux fenêtres, les portes s'ouvraient. En quelque chose comme trois secondes et demie, la petite rue si morte était devenue un vrai champ de foire. Je me dis qu'il était grand temps de filer, de me tirer de là avant que les poulets viennent encore aggraver les choses. J'étais fou de rage et les mains me démangeaient d'étriper cette saloperie de marmaille qui m'avait massacré ma soirée et fait gâcher trois livres. Mais je pouvais plus les poursuivre, ils étaient déjà presque à l'autre bout de la rue et, entre eux et moi, y avait maintenant des masses de peuple venu voir la cause de ce barouf.

Voyant ça, je commence à me défiler en douce, tâcher de passer le coin de la ruelle, par-dessus un gros tas de gravats (encore là depuis que les Allemands avaient bombardé le coin, probablement) mais j'avais pas fait deux pas que j'entends hurler derrière moi :

— Hé, pas de ça, mon bonhomme ! Reviens ici, espèce de sale… Regarde ce que t'as fait de mon manteau !

Je me retourne et je vois la fille qui me cavale après en brandissant son imper blanc, complètement nue, à part les talons aiguilles. Et traînant derrière elle ces nom de Dieu de gosses qui hurlaient de joie et toute une masse de gens sortis de chez eux. Elle déraillait complètement, la poule, braillant comme une furie que son manteau était plein de je-sais-pas-trop-quoi de chien ou de cheval.

— Tu me le paieras, mon salaud ! elle glapissait. I' me fout par terre et me roule dans la gadoue ! I' me faut encore une livre pour le teinturier !

Ce qu'y a, c'est que j'étrennais mon costume neuf, le gris clair, comme je l'ai déjà dit. Vingt-cinq guinées, je l'avais banqué, gilet fantaisie compris ; en mohair, il était, souple et doux comme tout. Bien coupé, en plus. Il me donnait l'allure d'un dur, large d'épaules, bien baraqué, genre main de fer dans un gant de velours. Je le mettais seulement quand j'allais picoler. Comprenez, on aime bien faire son petit effet de temps en temps, le soir, quand on est en java. Je peux pas les piffer, moi, ces salingues qui s'amènent boire dans leur bleu de travail.

Donc, j'avais pas fait deux pas que cette pouffiasse m'agrippe par le bas de mon veston. Je l'engueule et j'essaie de me dégager. Et vrrracc ! Dans un craquement sinistre, il se fend par le milieu. Là, je suis pris d'une rage féroce. Vingt-cinq guinées pour un costume neuf, et cette vieille pute qui me le déchire en morceaux comme un vieux torchon. Je me retourne d'une secousse et je tâche de lui arracher le veston des mains. Et crracc ! Ce coup-ci, il se déchire sur toute la longueur. Je l'aurais tuée. Je lui lâche un swing terrible en pleine figure. D'habitude, j'aime pas frapper les femmes, c'est pas correct, c'est même ignoble de la part d'un homme, vu qu'il est beaucoup plus fort et tout, mais j'étais tellement en colère que j'avais plus qu'une envie : lui décrocher la tête une bonne fois. Et ma droite, je vous jure qu'elle l'aurait bien arrangée si elle était arrivée. Seulement, elle est pas arrivée. C'est coton de toucher quelqu'un qui vous tient par le bas de la veste, surtout si on est, comme moi, à moitié blindé et encore aveuglé d'avoir pris une torche électrique en plein dans les yeux. Alors, je l'ai ratée d'un kilomètre, ce qui fait que j'ai perdu l'équilibre. Vive comme une chatte, la poule lâche ma veste, ôte prestement son soulier et me file un grand coup de talon aiguille sur le crâne.

Notez que je l'ai vu arriver, ce coup. J'étais planté là et je l'ai même regardée faire. Comme dans un film au ralenti, elle qui se penche, enlève sa chaussure et puis me la balance de toutes ses forces derrière la tête. J'avais comme qui dirait l'impression que je pouvais facilement esquiver quand ça me plairait, suffisait de pencher un peu la tête de côté, comme un boxeur, après quoi j'avais qu'à la contrer d'un uppercut destructeur à la mâchoire. Mais, quand j'ai voulu bouger, ça a rien donné du tout. Je suis resté tout bonnement planté là et, naturellement, j'ai dégusté. À quoi bon se donner le mal d'esquiver une babiole minuscule comme un soulier de femme ? Non, vraiment, ça paraît léger comme une plume. Autant dire rien, quoi !

C'est ce qu'on s'imagine *avant*. Mais après, quand on l'a pris sur la cafetière, c'est plus la même chanson. On croirait jamais qu'un aussi petit machin peut faire aussi mal. Comme si on vous balançait un coup de pioche sur la tronche. Le bout de métal s'est enfoncé sur le haut de mon front, j'ai senti une douleur féroce et quelque chose de tiède et de poisseux me dégouliner dans les yeux. Je voyais plus rien que des étoiles partout, mais je sentais des mains, des milliers de mains, qui me tripotaient, tiraient mon veston et me redressaient contre le mur. J'arrivais pas à décoller mes paupières assez pour les voir, mais je les entendais autour de moi, tous ces gens qui braillaient et m'injuriaient. Une voix tonnante m'a explosé dans la figure :

— Ignoble saligaud ! Frapper une pauvre fille sans défense !

Sans défense ? Parlez d'une rigolade. Je l'ai

même pas touchée et pourtant me voilà marqué pour la vie, à présent. Avec une énorme bande de sparadrap qui part du haut de mon front jusqu'à la racine des cheveux et qui me descend jusqu'à la naissance du nez. Durant tout le trajet jusqu'à la gare, les gens arrêtaient pas de me dévisager à cause de ça. Vous parlez, même les deux bonnes sœurs, elles l'ont remarqué. La petite fille, elle s'est montrée curieuse, elle aussi. Elle a demandé à une des deux — la grande — pourquoi c'était faire. Au début, elle me guignait du coin de l'œil, croyant que j'étais occupé à lire le journal, et puis après elle est allée s'agenouiller tout contre la sœur en question :

— Ma sœur, elle lui dit, dans un de ces chuchotements de théâtre qu'on aurait pu entendre jusqu'au wagon de queue (les gosses, ils ont pas la moindre idée de ce que c'est que de parler à voix basse), pourquoi il a un grand morceau de sparadrap sur son front, cet homme-là ?

Mais les deux religieuses, elles se sont contentées de la faire taire et elles ont remis ça avec la campagne et les vaches. Elle était vraiment toquée des vaches, cette petite Julia, presque autant que ce vieux Budgie avec sa manie de regarder le ciel. Elle aussi, elle en était, de ceux qui se posent tout le temps des questions. Elle arrêtait pas de demander pourquoi y en avait qu'étaient debout et d'autres couchées, quelle différence y avait entre les noires, les blanches et les brunes, pourquoi certaines elles avaient pas de cornes, lesquelles étaient les garçons et lesquelles étaient les filles — toutes sortes de trucs stupides de ce genre. Bien entendu, les bonnes sœurs, elles pouvaient pas éclairer sa lanterne, pas vrai ? Comment voulez-vous que des cloches comme elles, tout le temps enfermées à réciter des prières, elles sachent quoi que ce soit de ce qui se passe dehors ? Tout ce qu'elles apprennent, c'est des trucs inutiles, comme Dieu. Mais des choses pratiques, zéro.

Enfin ! Revenons à cette histoire d'hier soir. Quand la douleur s'est un peu calmée, j'ai pu rouvrir les yeux. Probable que ce qui m'a fait si mal, c'est qu'on doit avoir un genre de nerf dans le front et que la poule, avec son coup de talon, a dû tomber juste dessus, ce qui fait que je suis resté un bon moment dans le cirage. Mais, même les yeux ouverts, j'y voyais pas bien, dans le noir, avec tout ce sang qu'arrêtait pas de me dégouliner sur la fiole. J'avais beau chercher à l'essuyer, j'étais tellement coincé que j'arrivais même pas à lever les bras. Toutes les fenêtres étaient éclairées, toutes les portes grandes ouvertes et, par-dessus les têtes de la foule, je voyais la poule au milieu de la rue, toujours à poil, avec une vieille taupe qu'essayait de l'envelopper dans un sarrau. Le môme à la torche, il était là aussi ; il la braquait sur la fille et, quand la vioque lui a couru après, c'est sur moi qu'il l'a braquée, m'aveuglant encore un coup. Ce môme, je vous jure que je l'aurais étranglé.

C'est peut-être à cause de tout ce que j'avais bu, ou peut-être à cause de tous ces gens qui me bousculaient et me traitaient de tous les noms, mais j'ai dû perdre la boule parce que j'ai fait quelque chose de complètement idiot. Pas con, le proverbe qui dit : « Quand t'es pas le plus fort, mets-toi de l'autre bord », et ce que j'aurais dû faire, c'était de leur crier de laisser tomber, que j'avais mon compte, que j'étais à bout et que je me rendais. « Pour l'amour du Ciel, arrêtez de me taper dessus ou vous allez me tuer ! » Ça les aurait stoppés net, vous pouvez être tranquille. Tout le monde a peur de tuer quelqu'un. Vous estropier pour le restant de vos jours, ça, ils s'en balancent, mais la seule idée d'être accusés de meurtre, y a rien qui les rend plus péteux. Mais, sur le moment, j'ai pas pensé à tout ça.

J'avais devant moi cette espèce de petit trapu en bras de chemise qui me tenait par les revers et qui finissait de mettre mon veston gris en charpie à force de me tamponner et de me racler contre le mur. À grands coups de coude, il faisait reculer tous les autres et beuglait :

— Laissez-le-moi ! Laissez-le-moi ! Je me charge de les corriger, ces enfants de salaud ! Reculez ; tout le monde, reculez ! Laissez-moi la place de bouger !

Tout en continuant à me faire rebondir contre le mur avec des « Dégagez ! Dégagez ! » et en tâchant de libérer ses mains pour me filer une pêche.

Là, ça s'est gâté. « Bande de fumiers ! » j'ai gueulé, tellement fort qu'on a dû m'entendre jusque de l'autre côté de la rivière. Et alors j'ai attrapé cette espèce de pot à moutarde par le devant de sa chemise et je l'ai sonné d'un coup de boule en pleine poire.

« Un à la marque, un ! » j'ai pensé en sentant le nez s'écraser. Tout le monde s'est écarté quand il s'est étalé à plat sur le dos, comme un brave, dans les pommes, c'est sûr, vu que, pour ce qui est des coups de boule, on a ses petits talents. Je m'entraîne beaucoup, dans ma cabine, avec l'oreiller de ma couchette. On le tient plaqué contre la cloison comme un type avec qui on se tabasse, et on lui décoche ça dans tous les azimuts. L'astuce, c'est de vriller le crâne au moment de l'impact de façon que, non seulement il encaisse le choc, mais que le petit coup de vis lui ouvre la cerise, le sang qui lui coule dans les yeux l'empêche de voir et on peut le liquider sans se fouler.

Bref, il se répand et sa tête sonne comme une pastèque sur le pavé. Tout d'un coup, il y a ce grand espace vide autour de moi, maintenant que cette bande de dégonflés s'est taillée. Le brave Dugland-la-Barrique est étalé de tout son long sur le pont, les bras en croix, et tous les autres se sont éparpillés à travers la rue. Moi, je suis là, groggy, mais le roi de la place. Ce qui vous montre bien comment sont les gens : pensent qu'à sauver leur propre peau sans se soucier une miette du gars qu'est censé être leur meilleur copain. « Tu peux hisser l'échelle, Jack, *moi*, je suis sain et sauf. »

L'espace d'une seconde, donc, y a plus un chat auprès de moi. Comme je cherchais un moyen de mettre le grappin sur cette saloperie de gosse à la torche, voilà que ce faux jeton de Bill s'approche en douce et m'en file un grand coup. Je me tenais en garde, face à tous les autres, alors ce qu'il a fait, il a profité de l'ombre pour se couler jusqu'à moi et m'a collé un jeton en plein sur la bouche. Je l'ai même pas vu, j'ai rien senti non plus ; y a seulement quelque chose de souple et de lourd qui m'est arrivé dessus d'un seul coup, tout s'est éteint.

Mon crâne rebondit contre le mur derrière, j'entends une clameur comme celle d'une foule à un match de football et puis c'est le silence, à part très très loin, comme un gémissement de petit enfant perdu, et subitement je me rends compte que c'est *moi* qui pleure.

Et, en même temps, je sens des mains qui farfouillent dans ma veste, qui me détachent ma cravate. Comparé à tout à l'heure, c'est le silence total.

— V'là son portefeuille, Bill, dit quelqu'un.

Je lève la tête et je vois ce type en bras de chemise qui sort tout mon argent et qui le compte. Pas le même que l'autre, celui que j'ai sonné. (Celui-là, il est resté dix bonnes minutes dans la vape.) Mais un autre type, plus grand et plus costaud d'allure.

— Cinq, six, sept... Tenez, poulette, il fait en tendant le tout à cette sale pute qui a remis son imper blanc et se tient derrière lui.

Allongé par terre, je me demande ce qui lui prend de distribuer *mon* pognon à cette bonne femme.

— Prenez donc ça, il lui dit. On lui en laisse une, qu'il puisse rentrer chez lui, des fois qu'il ait loin à aller.

Je la vois, en train de planquer l'argent avec mes trois autres livres.

— Je vous remercie bien, elle fait en adressant à la ronde un large sourire de crocodile. Faut que je rentre chez nous, maintenant, sinon ma mère va s'inquiéter.

Sa mère ? Subitement, je commence à piger ce qu'elle leur a raconté pendant que j'étais dans les pommes. Que je l'ai soi-disant agressée, je veux dire. Sûr et certain qu'elle a juré que je lui avais bondi dessus alors qu'elle revenait de chez les Dames patronnesses ou autre, après quoi je lui ai arraché toutes ses affaires en cherchant à lui prendre sa virginité.

— Vous voulez vraiment pas porter plainte ? lui demande Bill. Je peux appeler la police, vous savez ?

C'est bien ça, les gens. Toujours prêts à cavaler chercher les flics quand c'est pour les autres ; jamais pour eux-mêmes, vous remarquerez, seulement pour les autres. Au mot « police », la fille fait un de ces sauts !

— Oh ! non, merci, vous êtes bien aimable, mais je préfère ne pas être mêlée à une histoire. (Tu parles !) Cet argent me remboursera la perte de mes affaires, mais autrement il m'a pas fait de mal.

Je lui ai pas fait de mal ! Elle est raide celle-là ! Un troupeau d'éléphants l'aurait pas défrisée. En tout cas, elle ajoute, en forçant vachement la note :

— J'ai l'impression que vous lui avez donné là une leçon qu'il oubliera pas de sitôt. Bonne chance, les gars !

— Salut ! Au revoir ! ils lui crient tous. Voulez

pas que l'un de nous vous accompagne jusque chez vous ? Pour êt' sûrs qu'vous arrive rien ?

Vous l'auriez vue décamper, quand elle a entendu ça !

N'empêche que, si elle avait accepté, avec un peu de veine elle aurait été foutue de se faire neuf livres de plus dans le coup. Parlez d'une hypocrite, bon Dieu ! J'aurais dû bondir sur mes pieds, leur arracher mon pognon et leur crier à tous ce qui s'était vraiment passé. Mais je pouvais pas. Incapable que j'étais de lever même le petit doigt. Ce qui vaut probablement mieux, vu que si j'avais essayé de me remettre debout, ils auraient cru que je repiquais une crise et me seraient retombés dessus comme un camion de briques. À cette seule idée, la tremblote me reprenait. Me faire sonner encore un coup, jamais j'aurais pu l'encaisser. « Si je prends encore un gnon, je me disais, il va me péter quelque chose dans le cerveau et là, je suis cuit. Mort. À tout jamais. »

Alors je reste allongé sur le pavé, sans même essayer de bouger, pendant que le dénommé Bill me recolle mon portefeuille dans la poche. C'est comme d'être mis knock-out, on se sent vidé. Ce qu'est idiot, c'est que, dans les films, le héros, le crâne à moitié défoncé à coups de crosse, se relève d'un bond deux secondes après et vous escagasse une cinquantaine de vilains armés jusqu'aux dents de revolvers et de couteaux. En réalité, il serait même pas foutu de mettre un pied devant l'autre avant au moins quinze jours. L'instant qu'on rouvre les yeux, on se sent comme un petit bébé, paisible, indifférent à tout. Ça fait même pas mal. Pas sur le moment, en tout cas. Engourdi, on est. C'est après que la douleur vous rend dingue et qu'on voudrait tuer l'enfant de cochon qui vous a tapé dessus.

Pendant que Bill me refourre le portefeuille dans ma poche de veste, la vieille bonne femme qu'avait enveloppé la fille dans le sarrau se fraie un chemin à coups de coude jusque sur le devant de la foule (même dans le noir on la reconnaît, vu qu'elle tient encore le tablier roulé dans sa main). Elle braille comme un putois, tellement folle de rage qu'elle en postillonne à quatre mètres.

— Faut appeler la police ! elle crie. Faut le faire arrêter. Qu'est-ce que vous attendez à rester là, tous autant que vous êtes ? Pourquoi quelqu'un appelle pas la police ?

Elle voulait ma peau, celle-là, elle y tenait, à ce que j'en prenne pour quinze ans de trav. Dieu sait ce que la fille avait pu lui raconter sur moi.

Bill m'a soutenu, je dois dire ; il commençait à avoir l'air d'un homme de mer. Mais ce que je me rendais pas compte, c'est que s'ils voulaient pas appeler la police, c'est que pas un seul d'entre eux aurait pu soutenir le moindre interrogatoire sans dommage.

— 'Coutez, mémé, lui fait Bill, rentrez vous coucher, hein, et laissez-nous régler c't'affaire entre hommes.

— Entre *hommes* ? Où ils sont, les hommes, ici ? J'en vois pas un qui soit capable de…

— Laissez-nous faire, je vous dis !

— C'est la police qu'il faut mettre à leurs trousses, à ces…

— Oh ! bon Dieu ! Laissez-nous nous occuper de ça !

Il commençait à en avoir marre, de la bonne femme, mais elle, elle se montait et râlait dur en voyant que Bill l'écoutait pas. Entre nous c'est vraiment de la foutaise en branche, ces histoires de délicieuses petites vieilles dames à cheveux blancs. Personnellement, toutes celles que j'ai connues, ou presque, elles ressemblaient comme des sœurs à cette bonne femme en tablier : les plus acariâtres vieilles sorcières qu'on ait envie de jamais rencontrer, même tous les 36 du mois. On les voit mariées à des pauvres vieux (ces braves bougres à la voix douce qui sont la coqueluche des mômes) à qui elles font une vie de chien, qu'elles mènent à la baguette, qu'elles asticotent du matin au soir et du soir au matin, d'une voix plus perçante, plus criarde et plus éraillée que celle d'un perroquet.

Finalement, je dois dire, deux copains à Bill l'ont à moitié portée jusque chez elle, ses pieds raclant le sol pendant qu'elle continuait à marmonner qu'on devrait composer les trois neuf au cadran[1]. En faisant les trois six, ils auraient probablement rappliqué la tête en bas et les pieds en l'air.

Je ne souhaite qu'une chose, vingt dieux ! C'est qu'une fois arrivée chez elle quelqu'un ait la

1. 9-9-9 : numéro de la police anglaise.

décence de laisser accidentellement tomber la vieille chouette de toute la hauteur de l'escalier. C'est ce qui peut arriver de mieux à ce genre de rombière.

La vioque une fois partie, Bill se retourne vers moi. Il s'agenouille à mon côté — je suis toujours allongé sur le pont :

— Comment te sens-tu, fils ? il me dit. Je regrette d'avoir tapé un peu fort, mais avoue que tu l'avais cherché, de la façon que t'as assaisonné ce brave Sid.

Il voulait se donner l'air franco, très paternel, mais on pouvait parier sa chemise qu'il regrettait rien du tout, ce grand tocard. Ça se voyait comme le nez au milieu de la figure, qu'il bichait comme un pou de m'avoir mis k.-o., le faux derche ! À présent, il va passer le restant de ses jours à courir les pubs pour emmerder le monde avec sa salade, leur casser le bonbon avec la façon qu'il m'a répandu d'un seul gnon. « D'un seul, vous m'entendez ? Une droite au menton. Mais une *méchante* droite, j'aime autant vous dire, aux petits oignons. C'est ma meilleure arme, ma droite. Tiens, bonsoir, Freddie. Qu'est-ce tu prends ? Hé ! Josie, une pinte de blonde pour l'ami Freddie. Oui, alors, pour en revenir à la bagarre… »

Comme si on y était, pas vrai ?

Ce qu'il oubliera de dire, je parie, c'est qu'il m'a sonné quand je regardais même pas. Un détail. Et dans cinq ans d'ici, on sera *cinq*, cinq qu'il aura rétamés tout seul avec sa *méchante* droite, et tous des ex-catcheurs de quatre-vingt-quinze kilos armés jusqu'aux yeux de crans d'arrêt et de chaînes de vélo.

J'avais du sang plein la figure et plein le devant de mon gris clair. Et je me suis mis à réfléchir à mon complet neuf qu'était foutu, à tout le fric que j'avais perdu, et au fait qu'ils étaient à cinquante contre un, tous plantés autour de moi pendant que j'étais là, étalé sur le dos dans la saleté. En plus, j'étais pris d'un accès de tremblote, comme toujours quand on a salement dégusté, et je restais couché sur le pavé sans rien faire d'autre que de sangloter, tout en les traitant de belle fournée de salauds.

Le Bill en question m'attrape par les revers :

— Hé, là ! Hé, là ! Pas de ça, Lisette, sinon je t'en colle une autre.

Je l'ai bouclée, des fois que ç'aurait été vrai. Il avait tout de ces zèbres qui se prennent pour des dégonflés s'ils mettent pas leurs menaces à exécution.

— Où il est, ton baquet ? il me demande.

L'avait dû voir mon livret de marin en fouillant dans mon portefeuille.

Et puis, y avait cette godasse que je prenais sans arrêt dans la cheville depuis cinq bonnes minutes, comme si quelqu'un se payait un joyeux festival de coups de pompe à mes dépens. Je pouvais pas voir qui c'était, la tête de Bill me bouchait la vue.

— Arrêtez de me démolir à coups de pied, bon Dieu, et peut-être que je pourrai vous répondre !

Le mastard jette un coup d'œil par-dessus son épaule et, d'un revers de main à lui décrocher la tête, il envoie valdinguer le gosse à la torche dans le décor. À trois rues de là, on a dû l'entendre, le bang !

— Rentre ! Allez, ouste ! il rugit. (Puis il se retourne vers moi, l'air bouillant de colère et en serrant les poings.) Ces sales mômes, devraient être couchés depuis des heures... Quand leur mère saura ça, elle va leur frictionner les oreilles...

Ça me fait un bien fou, de voir le gosse détaler en hurlant. Dans un sens, ça égalise un peu le score, d'autant plus que sa lampe électrique s'est cassée dans la bagarre. Tout ce que je souhaite, maintenant, c'est que son vieux lui ait cassé toutes les dents. Ce qu'est probable, d'ailleurs, avec une pareille châtaigne.

— Alors, fiston, où il est, ton bateau ?

— Aidez-moi donc à me relever.

Il me donne un coup de main et se met à me brosser par-ci, par-là, à rajuster mon complet et à essuyer le sang avec un mouchoir tout propre qu'il a trouvé dans ma pochette. Le bon roi Arthur tout craché, comme avec le portefeuille. Et, entre-temps, moi, je reste là tout pleurant, tout tremblant, pendant que ce troupeau de crétins recommence à s'amasser autour de nous et à nous bombarder de conseils on ne peut plus brillants du genre : pourquoi pas remettre ça, l'assommer à coups de brique et le balancer dans le canal.

C'est ça, le pire, qu'ils continuent tous à croire que je suis un détraqué sexuel qui passe son temps à agresser les femmes dans les entrées de ruelles. J'ai beau me tuer à leur répéter que c'est qu'un turf, que je l'ai levée dans un pub et qu'elle a jamais eu rien sous son manteau, chaque fois que j'essaie de m'expliquer, ils recommencent à faire du grabuge et couvrent complètement ma voix.

S'ils avaient admis qu'ils étaient dans leur tort, leur aurait fallu s'excuser, me payer une chemise et un costume neufs, et me rembourser mes six livres de leur propre poche. Vous les voyez en train de faire ça ? Jamais. C'est des gens normaux, qu'est-ce que vous croyez ! Prêts à tout plutôt que se conduire correctement. Parce que, quand on y réfléchit, se conduire correctement, ça peut être bougrement difficile ; faut se priver d'un tas de choses, et c'est pour ça que la plupart des gens, ça leur vient même pas à l'idée. Préfèrent s'inventer des tas de bonnes raisons pour se conduire en dégueulasses, vu qu'ils ont pas le courage de se refuser quoi que ce soit, même une fois de temps en temps !

Finalement, le dénommé Bill, il cherche à me calmer, et il me fait, à voix basse pour pas être entendu des femmes :

— 'Coute donc, fiston… (Fiston ! Il doit bien avoir dix ans de plus que moi, mais parlez s'il se gargarise à jouer les protecteurs)… on sait tous bien ce que tu lui voulais, et on t'en veut pas, nous autres. Possible qu'on soit tous un peu jaloux, même. À ton âge, on aurait probablement cherché à en faire autant. T'as essayé, faut reconnaître que t'as fait ce que t'as pu, mais, manque de pot, t'en es pour tes frais.

Là-dessus, il me pose la main sur l'épaule,

comme ils font tous quand ils veulent se donner l'air important.

— Allez, sois brave et cesse de nous prendre pour des andouilles. Tu vas finir par les énerver, avec tes bobards.

De m'entendre traiter de menteur, ça me fout dans une rage noire, mais je me risque pas à l'ouvrir, sinon je vais encore m'attirer des ennuis.

Derrière moi, le copain à Bill ramasse la monnaie et les babioles qui sont tombées de mes poches.

— Eh ben, il fait, c'est pas de veine. T'es tombé dans la crotte de chien et t'en as plein le dos de ton veston et de ton pantalon.

De la crotte de chien. S'il y avait pas eu des femmes, il aurait appelé ça autrement.

Sur le moment, je réagis pas, après tout ce qu'est déjà arrivé, mais c'est après en y repensant que j'ai vu rouge. Non, je vous jure, cette saloperie de patelin doit en être tapissé d'un bout à l'autre ! Pas moyen seulement de bouger, et qu'on reste debout, assis ou couché, on est sûr d'en être barbouillé de la tête aux pieds, de cette gadoue, et d'esquinter ses souliers et ses complets neufs. Je te vous les ferais ramasser, *moi*, tous ces maudits clebs, les grands, les petits, les blancs, les noirs, les gros et les maigres. Je te vous les collerais dans un vieux rafiot tout rouillé que j'emmènerais naviguer au beau milieu de l'Atlantique et, là où c'est le plus profond, je te vous torpillerais tout le foutu bastringue ! Voilà ce que *moi* je ferais, si j'étais l'autorité.

Mais là, en le voyant si amical et tout, j'ai fait le

mec qui prend ça à la rigolade, histoire de leur montrer que je me laissais pas abattre.

— Oh ! vous cassez pas la tête, je leur dis avec un petit sourire futé, avec six livres, ça devrait pouvoir s'arranger.

Prompt comme l'éclair, il me croche une fois de plus par les revers de ma veste, l'air plus du tout bonasse, vachement teigneux, même.

— Tu vas la fermer, ta sale gueule, dis ! Je t'avais pourtant prévenu !

Il est dans une telle colère qu'il me postillonne dessus. Je me prépare à déguster une autre pêche. J'aurais été incapable de me défendre, tellement je me sentais flagada, et, même si j'avais essayé de me couvrir, les autres foies blancs m'auraient tenu les bras pour pouvoir m'abîmer le portrait chacun leur tour. Si j'avais été en forme, c'est le bon vieux une deux qu'il aurait pris, plus le coup de genou, le coup de boule, le coup de tatane rapidos pour finir et, hop t'as le bonjour, avant que les autres aient eu seulement le temps de s'en mêler. Mais, vraiment, j'étais trop groggy, avec tous ces gnons et toutes les pintes d'ale, ce qui fait que je suis resté planté là, à attendre, en fermant dur les paupières pour surtout pas le voir arriver. C'est ça, quand on vous tape dessus, c'est pareil que de mourir, mais moitié moins terrifiant si ça arrive tout d'un coup sans qu'on ait le temps d'y penser.

Il m'a pas frappé, je dois dire. Y a eu un remue-ménage terrible dans la foule et, en levant les yeux, qu'est-ce que je vois ? Dugland-La-Barrique qui fonce à travers la mêlée, avec une douzaine de mecs accrochés à chaque bras.

— Lâchez-moi ! Lâchez-moi que je le défonce ! il beugle. Je m'en vais le détruire, le salaud ! La peau, je lui ferai ! Même si ça doit me mener à la potence !

C'est le même type qui m'avait harponné au premier, celui que j'avais sonné. Fallait voir sa binette ! Un vrai régal. Le vieux Nobby, c'était rien à côté. Ce mec-là, il a une bosse entre les deux yeux qui est grosse comme une patate et le sang lui dégouline du nez dans la bouche.

Effrayant, il est.

— Lâchez-moi ! il hurle.

Et les bonnes femmes accrochées à ses bras essaient de le retenir. Y en a une qu'est devant et qui s'escrime à le repousser.

— Arrête, Sid ! elle piaille, il en vaut pas la peine. Tu seras arrêté pour meurtre.

Là-dessus, elle se retourne et attrape Bill par le bras.

— Emmenez-le, Bill, pour l'amour du Ciel, emmenez-le avant que mon Sid lui mette la main dessus.

Comme si j'étais un gosse ou je sais pas quoi. « Son Sid », si je le tenais là, dans le compartiment, le Sid en question, j'en ferais de la charpie, c't'espèce de gros tas de soupe.

Et voilà que, d'un seul coup, c'est fini. Bill me traîne à travers la foule qui me tape dessus en braillant et en réclamant la police. Mais lui, il cavale en me tirant par la peau du cou pendant que les autres, ils retiennent Sid et, finalement, on arrive au bout de la rue.

— Décampe ! il me crie. Vouloir être correct, avec des types de ton espèce, c'est gâcher sa salive. Fous le camp et ne remets plus les pieds ici ou t'auras affaire à moi !

Plein de grandeur et de bravoure, en vrai héros. N'empêche que si y avait pas eu les cinquante autres derrière lui, j'y serais retourné et je l'aurais laissé pour mort.

Oh ! ma mère, parlez d'une fin de soirée ! Les jambes en flanelle, j'avance en chancelant, à moitié dingue de rage de pas pouvoir en tuer un, mon complet neuf couvert de sang et de gadoue, le crâne en compote.

Tout de suite, je pense qu'à une chose : me venger. Retourner au bateau, rassembler les copains, une vingtaine, et puis se ramener et foutre la pagaille dans leur saloperie de rue. C'est ça qui serait chouette. Rendez-vous compte, vingt mecs déchaînés, gueulant comme des ânes, armés jusqu'aux dents d'épissoirs et de bouts de chaîne d'amarrage, en train de foncer dans ce tas de salauds. Un des pompiers a même un revolver, acheté aux États-Unis et passé en fraude. C'est *moi* qui le prendrais, ce revolver, et je te lui collerais six balles dans la peau, à ce fumier qui m'a sonné. Une dans chaque œil, flac, flac, une dans les dents, crracc… Non, pas six… Je garderais les trois autres pour son putain de gosse. Pareil qu'à son vieux, une dans chaque œil, une dans la tronche. Et après ça, une fois toutes les balles tirées, je te vous les harponnerais tous les deux et, à coups de crosse, je leur aplatirais le crâne comme des rollmops.

J'étais là, en train de me monter et de m'exciter à cette idée, quand, tout d'un coup, je me rappelle que le bateau appareille à deux heures et que j'ai plus le temps. Descendre jusqu'au quai, rassembler la bande et retrouver le coin, il sera trop tard. Et puis d'ailleurs, à bien réfléchir, qui est-ce qui viendrait ? Ils se dégonfleraient tous. Un homme, pour montrer un peu de cran, faut qu'il soit plein comme une barrique ou bien à dix contre un. En dessous de ça, tout ce qu'on voit, c'est des têtes d'épingles qui détalent au loin à deux cents kilomètres-heure. Pas moi. Moi, j'avais pas peur. J'étouffais simplement de rage tellement l'envie me démangeait de leur rentrer dans le chou, et pas question de prendre la mer tant que je leur aurais pas rendu la monnaie de leur pièce, et sur un plateau, encore !

Alors, je continue à descendre le long de la rue, une centaine de mètres à peu près, jusqu'à ce que je sois hors de vue, après quoi je m'arrête dans une entrée de boutique et je m'essuie la figure en crachant dans mon mouchoir. Tout autour, il fait noir et déprimant au possible ; rangée sur rangée de petites maisons serrées comme des sardines, et des réverbères à la con tous les cinq cents mètres. J'ai la bouche qui me lance, en plus de ça, et au bout d'un moment je commence à sentir le froid. Le ciel est plein de gros nuages noirs qui cavalent comme des dératés par-dessus une petite lune de rien du tout. Il est bientôt onze heures et demie et je suis pas là depuis deux minutes qu'une cloche commence à tinter à des kilomètres. Bon Dieu ! parlez d'un cafard ! J'arrête pas de penser au bateau, où il fait si bon, si chaud, avec plein de lumières, une couchette confortable, des draps propres, une douche chaude, et voilà que je me sens pris de l'envie de laisser tomber, de m'en retourner sans rien faire, sans chercher à me venger. Après tout, quoi, c'est pas de leur faute, à ces gens, si je me suis fait assaisonner, c'est pas *eux* qui ont commencé à faire des histoires, c'est elle, la garce !

Mais on peut tout de même pas se débiner comme ça, pour qu'ils se foutent de vous. Même quand j'étais tout môme, mon père me disait toujours : « Faut jamais rien laisser passer, de personne. » Et si je me faisais taper dessus par un plus grand que moi et que je rentrais en pleurant, pour les consolations, je pouvais repasser.

— T'as qu'à rendre les coups, on me disait.

— J'peux p... p... pas... il est t... tr... trop grand.

— Alors, attends qu'il ait le dos tourné. Trouve une bouteille de lait ou aut'chose... et sonne-le quand il s'y attend pas.

Étant petit, j'ai toujours été plutôt timide. M'a fallu des années pour devenir un dur.

Là, j'ai décidé d'attendre minuit, le temps de laisser les choses se tasser, après tout ce bousin. En moins de deux, j'étais transi de froid et la sueur m'avait séché à même la peau. Vous pouvez pas imaginer un coin plus sinistre. Pas le moindre son, à peine éclairé, pas un mouvement. Rien. Je me rencoigne dans l'entrée et je relève le col et les revers de ma veste pour tâcher de me protéger un peu du vent. Ça me rappelait une autre fois, cette entrée de boutique, quand j'étais petit et que je m'étais sauvé de chez nous. C'était arrivé à cause d'un truc complètement idiot, faut dire. On m'avait accusé d'avoir cassé un carreau et c'était Micky Strand qu'avait fait le coup, avec une balle de cricket. Je le savais que c'était lui, mais personne voulait m'écouter et mon père a débouclé son ceinturon et m'en a filé une telle raclée que même les voisins sont venus voir qui on égorgeait. Ça m'avait vraiment fendu le cœur, surtout que c'était moitié à cause de mes prétendues menteries. « Sale petit menteur ! » me criait le vieux chaque fois que je voulais lui dire la vérité, « Nom de Dieu de menteur ! ». Toujours, il me traitait de menteur, mon dab. Je peux plus supporter d'entendre ça, maintenant, de personne. À présent, quelqu'un me traite de menteur, j'ai envie de le tuer sur place.

Alors je me suis sauvé de la maison. Tout le monde croyait que j'étais simplement monté me coucher pour noyer mon chagrin, mais je me suis faufilé par la porte d'entrée et j'ai commencé à détaler. Tout le long de la grand-rue, j'ai couru comme ça jusqu'à ce que je puisse plus mettre un pied devant l'autre. Et tous les gens qui sortaient passer la soirée dehors me regardaient d'un air étonné cavaler en pleurant toutes les larmes de mon corps. N'empêche qu'y en a pas un seul qu'ait cherché à me consoler, occupés qu'ils étaient à se payer du bon temps. Les gens qui s'amusent sont ce qu'y a de plus égoïste au monde. Et alors, quand j'ai été crevé à plus pouvoir respirer, je me suis arrêté dans l'ombre de cette entrée de porte où personne pouvait me voir et, là, j'ai pleuré et j'ai pleuré jusqu'à ce que je finisse par m'endormir. C'était au plus dur de l'hiver et, en me réveillant, j'étais gelé au point de plus pouvoir remuer. C'est un couple d'amoureux qui m'a réveillé. Ils étaient venus chercher de l'ombre, histoire de fricoter un brin, quand le type a buté sur moi. Elle a été gentille, je dois dire. Elle m'a enveloppé dans son manteau et m'a donné un bout de chocolat qu'elle avait dans sa poche. « Pauvre petit chou », elle m'appelait, et elle se retournait sans arrêt vers le mec en lui disant : « Jimmy, appelle un policeman, tu veux ? Il est à moitié gelé, le pauvre petit chou. » Et lui, il répondait : « Oh ! écoute, mon loup, t'en fais donc pas, il a rien du tout, je te parie qu'il habite la porte à côté. » Vachement secoué et furieux en même temps, parce qu'il avait dans l'idée de s'en payer une tranche et que je lui avais flanqué une pétoche terrible, couché là, dans le noir. Il a dû croire que j'étais le diable en personne venu exprès lui faire payer sa vacherie. Parlez d'un salaud ! M'aurait froidement laissé mourir gelé et tout ça pour se taper son picotin. C'est toujours pareil, faut dire. Les chauds de la pince dans son genre, rien ne les arrête, vous tueraient un gosse comme rien. Comprends pas qu'une fille si gentille, elle s'abaisse à sortir avec un pareil type. Je souhaite seulement qu'elle lui ait rien donné de ce qu'il voulait. Et je prie le Ciel qu'elle se marie pas avec lui non plus. Elle vaut mieux que ça.

J'étais planté là, plutôt déballé, quand s'amène un flic. S'il était pas venu, celui-là, de l'humeur que j'étais, je crois bien que je serais retourné à bord sans plus d'histoires. Ma colère tombée, j'avais plus envie de chercher de crosses à personne. Mais, de l'entendre s'amener, ça m'a repris de plus belle. Toute ma rogne est remontée. Depuis des kilomètres, je l'entendais venir, plouc-plouc-plouc, avec ses grands écrase-merdes, et je me suis tassé un peu plus dans cette entrée de boutique, qu'il me remarque pas.

— Hello ! il me fait en m'éclairant avec sa torche, qu'est-ce qui nous arrive donc ?

D'un coup, toute ma tristesse s'envole et je redeviens mauvais. J'aime pas les flics. En temps ordinaire, en tout cas. La seule faveur qu'ils m'aient jamais faite, c'est quand ils m'ont ramené en auto, la fois que je m'étais sauvé de la maison. Les copains en étaient verts de jalousie. Mais, d'habitude, je peux pas les voir. Et d'ailleurs, je commençais à fumer drôlement, à prendre sa torche en pleine figure.

— Moi ? Mais j'attendais un ami, je lui réponds. N'allez pas dire que c'est interdit, des fois !

— Non, il réplique, l'air très soupçonneux, ce

n'est pas interdit, mais ce qui l'est, c'est de traîner à minuit dans les entrées de boutiques.

— Oh ! bon Dieu, quoi ! Qu'est-ce que je dois faire, alors ? Traîner au milieu de la rue et me faire écraser ?

— Sortez de là, que je voie un peu la serrure.

Il devenait mauvais, sortait sa matraque et tout. Minute, permettez ! Moi aussi, je peux être mauvais quand ça me prend, et justement ça me prenait.

— Dis donc, bonhomme, je lui fais, l'air vraiment teigneux (il avait tout juste mon âge), si t'as le malheur d'essayer de m'en filer un coup, de ton machin, je te le fais avaler.

J'ai pas plus tôt dit ça qu'il bondit en arrière et sort son sifflet. Parlez d'un numéro, celui-là ! Chaque fois qu'on lui flanquait les jetons, il sortait quelque chose de sa poche. Je parie bien que si j'avais crié « Bououh ! » il vous aurait extirpé d'un coup sec son carnet, son crayon et tout le tremblement.

— Ça va, ça va ! je gueule, tu peux le remballer, ton sifflet à la con, je m'en vais.

Et, là-dessus, ce que je fais, comme un idiot, c'est de partir, mais dans le mauvais sens. Au lieu de retourner vers la rue où je voulais aller. Et lui qui commence à me filer le train, sans se presser. Qu'est-ce que je pouvais faire ? Demi-tour, je devenais suspect. M'entifler dans une ruelle, je risquais de me perdre. Finalement, j'ai dû suivre cette maudite rue toute droite pendant près de deux kilomètres jusqu'à ce que le flic m'ait lâché. Après quoi, il m'a fallu refaire tout le chemin en boitillant, les nerfs à vif de trouille à l'idée que j'allais lui rebuter dedans, et mes souliers neufs qui me charcutaient doucement les pieds. Devait être dans les minuit vingt quand, prêt à me mettre à hurler de rage, j'ai retrouvé la rue en question.

Tout doucement, je me suis faufilé jusqu'au carrefour où la bombe avait creusé un trou. Dommage qu'ils aient pas mieux visé, les Fridolins, sans ça ils auraient ratatiné toute cette saloperie de rue et rendu un fier service à l'humanité. Mais y avait encore des tas de débris dans le coin, des morceaux de brique juste à ma main. Sans bruit, j'en ai bourré les poches de mon veston gris — qu'est-ce que j'avais à perdre ? Il était foutu, de toute façon — et j'en ai pris plein mes bras.

Mon intention, c'était de leur casser tous leurs carreaux. C'est toujours ce qu'on fait, quand on en veut à quelqu'un, histoire de lui donner une leçon. J'ai appris ça tout petit, même : s'il est de ta taille ou plus petit que toi, file-lui une bonne pêche. S'il est trop fort, sonne-le à coups de bouteille. Et si tu ne peux pas le sonner à coups de bouteille, casse-lui tous ses carreaux. C'est mon vieux qui m'a appris ça. Bien sûr, j'aimerais mieux m'en prendre à eux *personnellement*, mais comme y a pas moyen, faut que je me contente de ça.

Je m'avance en catimini jusqu'au coin de la rue. Toutes les lumières sont éteintes dans les maisons, rien ne bouge. Quelque part très loin, un chat miaule à la lune et on peut même entendre le vent qui agite la flamme des becs de gaz. Les maisons sont le genre habituel de cabanes à lapins des quartiers ouvriers misérables, toutes alignées à perte de vue, portes et fenêtres ouvrant directement sur le trottoir. Vous voyez ce que je veux dire, suffit qu'on soit un peu pressé, on entre par la porte et on se retrouve dans l'arrière-cour avant d'avoir eu le temps de jeter l'ancre. Ils se font un fric monstre, tous ces proprios à grosse bedaine, à louer leurs baraques aux pauvres gens. Ça les gêne pas, eux, que les mômes couchent à six dans le même lit.

Pour tout vous dire, au point où j'en étais, j'avais plus vraiment le cœur à m'y mettre. Des tas d'idées me passaient par la tête, l'envie de rentrer à bord, la vision de tous ces gosses endormis les poings fermés dans leur petit lit, des mères en train d'allaiter leurs bébés. Et moi en train de rôder dehors comme une bête sauvage. Je sais pas pourquoi, mais ça me faisait un sale effet. Comme je le disais, j'ai toujours été doux et timide comme caractère. M'a fallu plus de dix ans pour apprendre à être coriace. Même quand j'avais le dessus dans une bagarre, je pouvais jamais me décider à finir le boulot. Ce qui faut faire, c'est défoncer le portrait de l'autre jusqu'à ce qu'il puisse plus se relever, mais, moi, je les laissais toujours se remettre debout. C'est con, vous me direz. En guise de remerciements, le môme est pas plus tôt sur ses pattes qu'il vous file un coquard. Les gens méritent pas qu'on leur fasse une fleur, faut être vache avec eux. Dans le monde où on vit, c'est à qui bouffera l'autre ; si tu bouffes pas ton voisin, c'est lui qui te bouffera. Et pas seulement dans la classe ouvrière. Nous autres, c'est à coups de pied et de poing qu'on s'explique, mais ceux de la haute, les Charlie et les Richard, ils valent pas mieux. Oh ! bien sûr, y a moins de coups de boule ou de bouteille, mais ils sont tout aussi dégueulasses. C'est à coups de langue qu'ils s'envoient des pointes, des crasses, et qu'ils disent des vacheries terribles les uns sur les autres. Avec ça qu'ils se gênent pas pour se poignarder dans le dos, pour faucher le job du copain et se débiner avec sa femme. Ils tâchent de se persuader qu'eux, c'est pas pareil, que leur façon d'agir est pas moche, mais « sophistiquée ». Mais voulez-vous me dire ce qu'ils font qui soit différent de ce que font ceux de la classe ouvrière ? Je parle pas de ce qu'ils *disent* mais de ce qu'ils *font*, les tours de cochon qu'ils se jouent tout le temps entre eux. Pas la peine de répondre, je vais vous le dire, moi : y a *aucune* différence. En fait, tout ce qu'ils font, c'est appeler les choses autrement, leur donner des noms bidon pour que ça sonne mieux. Voilà toute la différence entre eux et nous : des mots.

Toujours est-il que j'étais planté là, au coin de la rue et je me sentais ramollir comme une tomate trop mûre. Deux minutes de plus et je lâchais tous mes morceaux de brique pour rentrer à bord. « Je deviendrais pas sentimental, des fois ? » je me disais. Manquait plus qu'un violoniste tzigane.

Finalement je me décide à bouger et je fais quelques pas le long de la rue. Marrant, mais j'avais rien de spécial en vue, je voulais seulement regarder. À toutes les fenêtres, y avait de ces rideaux en chintz et, devant, toujours un brin de décoration. À la première, c'était un de ces bergers alsaciens en plâtre. Vous voyez la pose : une patte posée sur un bout de pierre et l'air très fidèle-ami-de-l'homme-quel-noble-animal-je-suis. Mais j'étais pas d'humeur à apprécier, pas après ce que le noble animal en question avait laissé traîner par terre pour que je m'étale dedans.

La porte d'à côté, y avait une maquette de voilier. Du travail soigné. Comme une mouette en plein vol. Je m'approche un peu pour voir de plus près le vernis de la coque et tous les petits bouts de ficelle et de toile, et ça me rappelle le brave vieux, là-bas, à Houston, en train de ramer à la tombée du jour. C'est les seuls vraiment qui soient différents, ces vieux loups de mers qui fabriquent ces maquettes de bateaux. Très agréables à connaître, très comme il faut.

Mais la maison d'après, c'était plus la même chanson. Dans la fenêtre, dans un de ces énormes pots à fleurs verts pendait un immense aspidistra, affreux et plein de poussière. Moi, les aspidistras, c'est tout ce que je déteste au monde. Ils ont l'air tellement méchants, tellement sinistres, comme s'ils s'apprêtaient à vous avaler, là, dans le noir. Et je plaignais le pauvre vieux marin d'à côté d'avoir à supporter le voisinage de quelqu'un capable de coller une vieille saleté d'aspidistra dans sa fenêtre. Je le voyais, lui, le brave vieux, un petit bonhomme l'air aimable à cheveux blancs, et sa voisine avec sa cannibale de plante en pot, sa tête de chameau, sa grosse panse et son cul de la taille du *Mauritania*... Ce qui m'a rappelé le dénommé Bill qui m'avait assommé, la vieille qui tenait tant à me voir me balancer au bout d'une corde, la foule qui me crachait dessus...

J'avais une moitié de brique dans la main et je l'ai balancée dans l'aspidistra. Non, pas vraiment balancée, j'ai simplement levé paresseusement le bras et je l'ai lâchée, sans même viser. Magnifique. Un vrai feu d'artifice. Le bout de brique bien lourd est rentré par le travers de l'aspidistra et le carreau, la plante en pot, la terre, tout le bastringue a voltigé en un million de petits éclats qui se sont répandus au beau milieu du living. Après, ç'a été le silence, un silence total, définitif. Et alors, il m'est venu une espèce d'ivresse, une joie fantastique qui m'a possédé et je me suis mis à rigoler comme un bossu et à cavaler tout le long de la rue en balançant des briques dans les fenêtres. Merveilleux ! Ça faisait des années que je m'étais pas marré autant. Je vous fous mon billet que de casser les carreaux des gens, y a pas plus jouissif. Mille fois plus que de s'envoyer une femme ou de se tabasser. Faut que je m'en souvienne pour la prochaine fois que j'aurai vraiment le bourdon ; ça bat la gnôle et tout ce que les gens prennent généralement dans ces cas-là. Les carreaux volaient en éclats, les chiens aboyaient comme des dingues, les lumières s'allumaient dans tout le décor et les gens commençaient à gueuler pour appeler les voisins. Et moi, tout en courant, je balance mes briques dans toutes les fenêtres de la rue. Non, pas toutes, je dois dire. Là où il y avait un modèle réduit de bateau, je cassais pas les carreaux, je voulais pas faire des vacheries à ces braves vieux comme celui de Houston. Mais partout où je voyais un aspidistra, je prenais le plus gros morceau de brique qui me restait et je le lançais avec une telle force que le bras m'en fait encore mal quand j'essaie de le lever. À mesure, je faisais des progrès. La dernière, je l'ai lancée avec une telle force qu'elle a même pas dû s'arrêter dans le living ; je parie qu'elle s'est enroulée autour du fourneau à gaz de l'arrière-cuisine.

Après ça, j'ai détalé à fond de train et j'ai bien dû faire des kilomètres et des kilomètres à travers des milliers de petites rues, de sentiers, de courettes et d'enclos, jusqu'à ce que le concert de cris et de piaillements se soit éteint loin derrière moi et que le silence total soit revenu. À ce moment-là, j'en pouvais plus et j'ai dû m'asseoir sur un petit mur en attendant de retrouver le souffle. C'est horrible, quand on peut plus respirer. Et alors, le fou rire m'a pris ; plus moyen de m'arrêter. Je voyais tous ces idiots en train de cavaler pieds nus sur le pont plein de verre cassé, le vent sifflant à travers leurs maisons… Ça leur apprendra qu'il fait pas bon de m'avoir pour ennemi.

Je dois dire qu'une fois ma crise de rigolade passée ça a été moins drôle, vu que j'étais en plein désert et que j'ai mis des heures pour trouver un taxi. J'ai dû me trimbaler dans soixante-six mille ruelles toutes noires avant de retrouver la grand-rue et, pour égayer un peu le paysage, il s'est mis à pleuvoir comme vache qui pisse. Et même quand j'ai fini par trouver un taxi, pas question qu'il me prenne, vu mon allure plutôt louche avec mes souliers à la main — j'avais fini par les ôter, je pouvais plus les supporter tellement ils m'écorchaient les pieds. M'a même obligé à lui filer mon billet d'une livre d'avance, sans ça il me laissait sous la flotte. C'est pour ça que ce matin, la bonne femme du Foyer elle m'a lancé ce vanne, à cause de l'état où j'étais la veille.

Naturellement, à cette heure-là, le bateau était déjà parti, mais le capitaine m'avait fait dire de les rattraper par le train. Encore une chance qu'il m'ait laissé de l'argent et une valise pleine d'affaires, sans ça j'étais vraiment cuit. Ça se voyait, qu'il en connaissait un bout, le patron, sur les besoins d'un mataf qu'est en retard pour rentrer à bord.

Je voulais me changer là, tout de suite, enfiler mon gris anthracite pour en jeter quand je repasserais au Foyer mais c't'espèce de tête de lard, au bureau des Commandants du Port, il a rien voulu savoir.

— Te changer ici ! il râlait. Non, mais, tu te crois aux bains-douches ?

Ça lui aurait rien coûté de me laisser faire. Mais non, il voulait que j'aille m'exhiber dans les rues, à chercher une piaule, dans l'état où j'étais. C'est toujours comme ça qu'ils sont, les gens : Vous arrive un coup dur, pensez-vous qu'ils vous donneront un coup de main? Jamais. Sont bien trop contents de vous voir mariner dans votre jus.

Y a juste un truc qui continue à me tracasser, je dois dire. Cette rue, que j'ai faite, j'arrête pas de me demander si c'est la bonne. Plus j'y pense et moins j'en suis certain. Non, c'est vrai, elles sont toutes pareilles à peu de chose près, et j'avais simplement choisi la première à droite en partant du tas de gravats au carrefour. Mais en ramassant les briques, j'avais bien failli me rompre le cou sur un vieux châssis de bagnole tout rouillé qu'était planté au beau milieu, dans le noir, et pourtant je pourrais jurer qu'y avait rien du tout là. Sans blague, un truc aussi encombrant, ça se repère facilement, et puis entre nous, y a peu de chances que, les Fritz, ils aient lâché qu'une bombe dans le quartier et démoli qu'une seule maison, pas vrai?

Parlez d'une rigolade, non? Si c'était pas la bonne, je veux dire. Je me demande ce qu'ils pouvaient bien penser, tous ces gens, qu'on leur bousille leurs carreaux au beau milieu de la nuit, comme ça, sans aucune raison.

Ils ratent pas une occasion, ces fanas de la religion, avouez? Toujours prêts à vous bourrer la caisse avec leur propagande.

La petite fille se penche pour voir défiler le paysage par la portière.

— Ma sœur, elle fait, à la nonne au nez épaté (la grosse était plongée dans son livre de prières), qu'est-ce qui m'arriverait si je tombais par la fenêtre ?

Elle a une de ces voix insupportables de moutard prétentiard et chiqué.

— Oh ! répond l'autre aussitôt, tu mourrais et tu deviendrais un petit ange au Paradis.

— Et j'aurais des ailes ?

— Naturellement.

La môme biche comme un pou…

— Alors je volerais tout là-haut, là-haut, et je pourrais m'asseoir sur les nuages et les arcs-en-ciel.

Voyez ce que je vous disais, toutes ces conneries sur le Paradis qu'est censé être au-dessus des nuages avec des anges qui battent des ailes dans toute la voilure ? On a pas idée de bourrer le crâne des mômes avec des stupidités pareilles ! Croyez pas que ça devrait être interdit, qu'on devrait obliger leurs parents à leur dire la vérité, que le bon Dieu, il existe pas, que c'est que de l'imagination, pareil que le père Noël, les fées, les lutins et les farfadets. Ce qu'on pourrait faire, c'est leur apprendre des trucs utiles, à la place. Leur parler des choses du sexe, par exemple. Ça, c'est utile. Au lieu de leur donner des cours de religion à l'école, on devrait leur donner des leçons sexuelles, leur faire regarder les bouquins de Port-Saïd à la place de la Bible. À ce moment-là, j'ai dans l'idée que je pourrais y aller, moi, faire la classe.

L'ennui, c'est qu'on les instruit tout jeunes, qu'on les gave de ces salades sur le père Noël et le

Saint-Esprit, qu'on leur en farcit la cervelle de façon que ça puisse jamais en ressortir. Les gosses, c'est tellement innocent que ça y croit et plus tard ça leur gâche la vie, cette trouille qu'on leur flanque d'aller en Enfer s'ils font quelque chose de mal. Pas moi, je dois dire. M'empoisonner la cervelle en avalant des bobards pareils, c'est pas mon genre, à *moi*. La Bible, les Dix Commandements et toute la séquelle, j'en ai eu ma claque, matin, midi et soir, à l'école. Des prières avant les leçons, des prières après les leçons, lecture de la Bible tous les après-midi… de quoi vous rendre malade. Mais ça leur a servi à rien ; j'étais bien trop ficelle pour me laisser pervertir. On a qu'une vie, tous autant qu'on est, pas vrai ? Alors, s'agit d'en profiter, parce que, quand on est mort, on est bien mort ; on vous colle dans un trou, on vous donne à bouffer aux vers et *n, i, ni*, c'est fini. Tous ces radotages sur le Ciel et l'Enfer, c'est que de la foutaise en quenouille inventée par les curés pour flanquer la trouille aux gens de façon qu'y se radinent à fond de train à l'église pour y faire leurs prières.

Quand on est grand, ça va, on peut les envoyer paître, comme avec ce vieux Budgie, ou alors les rendre cinglés à force de les charrier. C'est ça qui me botte, moi, les rendre cinglés en les poussant à bout. Dans le temps, je bossais dans une usine où y avait un de ces Saint-Jean-Foutre qui vous distribuait des prospectus avec des trucs de la Bible dedans. Voyez ce que je veux dire : « J'étais un Teddy Boy jusqu'à ce que j'aie été touché par la

Grâce. » Ou alors : « Prie Jésus et sauve ton âme. » Lui, il disait : « Que le Seigneur soit avec vous », chaque fois qu'on lui en prenait un. Bref, un jour, George et moi on lui en prend toute une pile, soi-disant qu'on venait d'être touchés par la Grâce, et on les accroche à un clou dans les cabinets. Oh ! vingt dieux ! Quand il les a vus pendus là, il écumait :

— Blasphème ! Sacrilège ! il arrêtait pas de brailler en s'arrachant les cheveux et en faisant des sauts de cabri. Le Seigneur va vous foudroyer à l'instant !

— Va falloir qu'il se farcisse tout l'atelier, alors, lui retourne George aussi sec, vu qu'y en a bien une cinquantaine qui sont passés ici depuis qu'on a accroché vos trucs, ce matin.

Tandis qu'une gosse comme celle-là, en face, la petite Julia, on lui enfonce ça dans le crâne et on lui pervertit l'esprit avant qu'elle ait eu l'occasion de penser par elle-même. Pauvre petit loup ! Je parie même qu'ils essaient de la coller dans leurs sacrées robes pour qu'elle sache jamais ce que c'est que le sexe. Ce qui fait qu'en grandissant elle deviendra comme les deux autres, dure et frigide, effarouchée devant les hommes, voilà comment elle sera.

Ça me fout en boule, moi, l'idée qu'ils vont lui gâcher la vie et que personne peut l'empêcher. D'autant plus que d'ici quelques années, elle sera sûrement une femme pas mal — comme sa tante — et que j'y dirais bien deux mots si j'étais dans les parages, quand elle sera un peu plus vieille. Mais, d'ici là, ils l'auront détraquée et rendue tellement frigide qu'elle sera plus bonne à rien ni à personne.

Quand même, bon Dieu, qu'est-ce que je donnerais pas pour pouvoir la tirer de leurs griffes !

J'ai bien dû passer une heure à rêvasser, avec le *Journal du Dimanche* à la main. J'essayais bien de le lire, mais une fois qu'on a feuilleté les pages un peu salées, c'est plutôt barbant. Par la fenêtre, y a rien à voir non plus que des tas d'arbres, de champs et de collines. À vous flanquer le trac. Des kilomètres de vide, à part, çà et là, une minable petite ferme perdue dans le désert. Qu'on puisse vivre dans un bled pareil, moi, ça me dépasse. Pas une boutique, pas de pub, pas de dancing, pas de copains, pas de femmes — même pas ce qui s'appelle *rien*. Qu'est-ce qu'ils font pour vivre, les gens ? Ou le soir, quand ils ont envie de s'envoyer en l'air ou de rigoler un petit coup ? Vivre à la campagne, ça doit être aussi moche que le couvent, c'est mener une existence misérable alors qu'on pourrait s'amuser. Et pour quoi faire, je vous le demande ? Foutre sa vie en l'air à cause d'un tas de superstitions, se pourrir la cervelle avec des âneries.

Je commençais à en avoir plein les bottes, de rester assis avec ces deux bonnes femmes plongées dans leur livre de prières et la petite pelotonnée sur la banquette, à moitié endormie. Ce qui manquait, c'est deux, trois matafs et un plein casier de pale-ale, comme dans les excursions en char à bancs. Là, au moins, on rigole. Arrêt toutes les dix minutes pour s'en jeter un, et hop ! on rembarque et on redémarre en chantant, en beuglant, en balançant les cadavres par la fenêtre, en sifflant et en lançant des bobards aux poules sur les trottoirs. Et on rentre le soir, pleins comme des œufs, toutes les lumières baissées et les filles à moitié rondes et chauffées à bloc et archi-prêtes à faire un tour de manège…

Du moins, c'est comme ça dans la plupart des cas, mais, dans ce compartiment, ça m'en rappelait surtout une autre, d'excursion, tout aussi minable et sinistre. Un jour, un copain — parlez d'un tour qu'il m'a joué, la vache ! — il s'amène un samedi et me demande si je veux un billet pour l'excursion de dimanche, aller et retour sur la côte pour seulement trois demi-couronnes[1]. D'après lui, quelqu'un était tombé malade, ce qui faisait une place libre. J'étais pas tellement chaud, vu qu'on sait jamais comment ça va tourner, ce genre de choses, mais lui me jure qu'y aura de la bière à pleins seaux et de la fesse pour le retour. Alors, je lui dis ça gaze et je rapplique le lendemain pour les rejoindre. Parlez d'une partie de rigolade !

D'abord, comme coup d'envoi, le soleil s'était pas montré et il faisait un temps gris, froid à vous geler les os. Et je me disais sans arrêt que j'aurais mieux fait de rester au chaud dans mon lit ; d'abord, il avait fallu se lever à dix heures du matin pour pas rater le coche, et s'y a une chose que je déteste, c'est me lever tôt le dimanche. Non mais, sans blague, à quoi ça sert, les dimanches, si on peut pas

1. Sept shillings et demi.

les passer au lit ? Finalement, quand le charab' s'apporte, voilà qu'il est plein d'inconnus que j'avais encore jamais vus de ma vie. C'est ça que mon *copain* il avait oublié de me dire, qu'il s'agissait d'une excursion *privée*, que tous les autres étaient de la même usine et que, moi, je serais le seul en dehors du coup. Toujours est-il que, dès le départ, je me suis fait l'effet d'une vraie pomme, tout le monde qui causait et rigolait et le silence qui est tombé subitement quand je suis monté à bord. Naturellement, j'avais un complet neuf, ce qu'était tout de même un drôle d'atout. Genre marron bleuté, avec poches sans rabats, veston très court et presque pas de revers. Très chic. En montant les marches, je voyais tous ces mecs se pousser du coude en échangeant des réflexions.

Mais ils m'ont collé sur une espèce de strapontin à côté du chauffeur pendant qu'eux se marraient bien à l'arrière. Encore une chose que je déteste, rester tout seul. C'est pas normal. Tout seul, on peut pas se sentir content ni rien, on peut pas s'amuser, c'est seulement quand on est ensemble avec des gars qu'on connaît et qu'on a quelqu'un à qui causer qu'on se marre.

Y a cet autre camarade à moi — je me rappelle plus son nom, Johnny quelque chose, il s'appelait, je crois —, une espèce de grand idiot, costaud et l'air mal embouché. Il est venu me dire bonjour, c'est vrai, alors comme je croyais qu'il allait rester, j'y ai fait du charme et des tas de frais et j'y ai même offert une pipe. Et voilà qu'au bout de deux minutes ce con-là refout le camp avec les autres. Et avec ma cigarette, en plus.

Comme ici maintenant, y avait rien d'autre à voir qu'une kyrielle de champs, d'arbres et de trucs pareils et ça, on en a vite jusque-là. Ce que je pouvais regretter de pas être resté au lit avec le *Journal du Dimanche* et ma logeuse cavalant dans l'escalier avec une tasse de thé à mon premier coup de gueule. C'est ce que je fais d'habitude, le dimanche : je reste couché quasiment toute la journée et, le soir, je me lève pour aller au pub. Mais seulement quand je suis à terre, bien entendu. En mer, c'est pas pareil. D'abord, la moitié du temps on est de service et même si on a un jour de sortie, où diable irait-on chercher un *Journal du Dimanche* au beau milieu de l'Océan, et qui c'est qui viendrait vous apporter des tasses de thé ?

À la fin, j'en avais tellement marre, de les entendre tous rigoler à l'arrière pendant que, moi, je me faisais tartir tout seul, que j'ai été jusqu'à discuter le coup avec le chauffeur, à lui demander du combien il faisait, son engin, ce qu'il consommait d'essence et s'il faisait souvent ce parcours-là. Enfin, ce genre de conneries, uniquement pour avoir quelqu'un à qui causer. Ça m'intéressait pas une broque, notez, mais ça valait encore mieux que de rester à regarder par les vitres, parce que chaque fois que les filles partaient d'un fou rire, je croyais que c'était de moi qu'elles rigolaient et j'en avais les oreilles en feu, à sentir tous ces yeux fixés sur ma nuque. Je finissais par me demander si j'avais pas un épi qui se dressait sur mon crâne et si c'était pas des fois *ça* qu'elles trouvaient tellement crevant. Alors, j'ai lissé mes cheveux avec la paume de la main. Mais non, ils avaient pas bougé, se hérissaient pas ni rien, mais ce que j'ai remarqué, c'est que ma main tremblait ; parfaitement, elle tremblait de rage. Et, subitement, je me suis rendu compte que j'avais envie de me retourner, de leur foncer dedans, de leur casser la gueule pour les faire taire. Et je me disais que je pourrais peut-être en choisir un, lui chercher des crosses et le sonner d'un coup de boule. Voyant ça, comment qu'ils auraient la trouille et comment qu'ils cesseraient de glousser dans mon dos comme un tas de vieilles bonnes femmes. Rien que d'y penser, ça m'a remonté le moral, alors j'ai allumé une sèche et, tout tranquillement, j'ai imaginé la chose. Je voyais comment ça se passerait :

Ils sont tous en train de se gondoler à l'arrière pendant que moi je les traite comme des mômes et je fais pas attention à eux, quand tout d'un coup voilà qu'un paquet de cigarettes vide voltige par-dessus les têtes et atterrit sur mes genoux. Fou rire général qui dure une bonne minute. Après quoi, le silence revient. À part quelques petits gloussements, et une voix fait :

— Balances-en un autre, Johnny.

Et ils s'apprêtent tous à recommencer à se marrer quand, brusquement, je me lève et je me retourne. Je dois faire de l'effet avec mon complet neuf et ma cravate, une bleue avec de minces raies rouges. Quand la lumière joue dessus, y a des reflets métalliques, genre bronze. Je me retourne, juste quand l'autre zèbre se levait pour balancer un autre paquet de cigarettes vide. Quand il me voit, il reste cloué sur place et commence à prendre peur, alors je le fixe avec cette espèce de regard métallique en plein dans les yeux, comme le serpent pour hypnotiser sa proie et, d'un coup, y a un tel silence qu'on entend chuinter les pneus sur la route et ronronner le moteur. Alors, je me sors de mon siège, très, très lentement et, à tout petits pas, genre léopard — j'ai des semelles crêpe comme en portent les chasseurs dans la jungle — et je vois le zèbre regarder le paquet dans sa main — l'air complètement crétin du type qui se rend compte qu'il est qu'un grand dadais — et qui s'affale sur son siège en tremblant de trac.

Tous les yeux, dans la voiture, sont fixés sur moi, les gars pas rassurés, les filles intéressées — je repère les plus girondes, pour plus tard.

Je m'avance le long de l'allée, très décontracté, en prenant tout mon temps, vu que ça va être du gâteau pour moi, ce truc — en passant, je tiens aussi à ce que les mômes, elles puissent admirer mon costard —, je me plante devant l'autre clown qui se tortille sur son siège, tout pâle, et qu'essaie de se ratatiner contre la fenêtre, et je lui dis :

— C'est toi, l'artiste qui m'a balancé ça ?

D'une voix terrible, puissante, profonde, menaçante comme un grondement de tonnerre et qui sème la panique jusqu'au fond du char à bancs. Et tous ces idiots remercient le Ciel que ce soit pas à eux que ça arrive. Moi, je reste planté devant lui, les hanches légèrement en avant, les doigts recourbés prêts à la détente, comme les bagarreurs des films de cow-boys — tout ça dans un silence de mort, au milieu de tous ces visages d'une pâleur de cire et de tous ces yeux affolés.

Alors, le zèbre en question, il essaie de jouer les bravaches. Hausse les épaules, comme s'il était pas inquiet et que ça l'impressionne pas une miette, mais on voit bien qu'il est raide de trouille — il tâche de soutenir mon regard, mais je le force à détourner les yeux, alors il me répond :

— Ouais, et après ? d'une toute petite voix de fausset, grinçante et tremblotante. Je lui donne une seconde, pas plus. Rien qu'une seconde, le temps que les autres se rendent compte de la stupidité de ce qu'il vient de faire en me provoquant de cette façon, et qu'ils voient bien que je permets à personne de me défier. Et alors, vif comme une panthère, j'entre en action. Mes mains partent comme des flèches et mes doigts, pareils à des griffes d'acier, harponnent le devant de sa veste, une secousse irrésistible l'arrache de son siège et son front vient s'écraser sur un crâne de fer. Oh ! n'ayez crainte, il aurait vite fait de rebondir en arrière en beuglant, le nez écrasé et le sang giclant sur son costume des dimanches.

Je le surveille un instant, l'air impassible, des fois qu'il en voudrait encore et que je sois obligé de l'achever. Après quoi, je lève la tête et je regarde les autres avec des yeux d'un gris implacable, froids comme l'acier, à faire frissonner les plus coriaces. Dans le silence, on entend que des sanglots étouffés, mêlés au chuintement des roues, et je bouge toujours pas, tandis qu'eux, ils regardent leurs pieds ou par la fenêtre, de peur d'affronter mon regard.

— Pas d'autre amateur ? je demande, toujours de la même voix implacable.

Mais personne moufte, alors j'oscille un peu sur mes talons, très relaxé et, avec quelques petits hochements de tête entendus, j'ajoute :

— Je m'en serais douté. Tous des foies blancs. Pas un seul qui vaille la peine de me déranger.

Ensuite, je les balaie une dernière fois de mon regard glacial, genre méprisant au possible, je fais une volte rapide sur un talon comme pour retourner à ma place. Mais je m'arrête brusquement en pleine torsion du corps (parlez d'un effet qu'il ferait, mon complet, à moitié enroulé autour de moi, avec ses reflets changeants, bleu-bronze) à cause de cette formidable souris avec ses yeux immenses et sa grande bouche sensuelle (drôlement meublée de l'avant-scène, en plus) et je la regarde :

— Hé ! toi, poupée… viens donc t'asseoir près de moi, hein ?

Et elle, avec des yeux de braise pleins d'adoration, elle se lève doucement et vient se coller tout contre moi, pendant que, du coin de l'œil, je vois les autres filles qui nous guettent, pantelantes, prêtes à tout pour pouvoir être à sa place.

C'est juste à ce moment-là, quand j'en étais au

point le plus intéressant, que c'est arrivé : un genre de boîte à chocolats vient cogner violemment la fenêtre contre mon oreille et m'asperge de bouts de papier-dentelle. Le choc me soulève de mon siège et ma tête cogne le filet à bagages pendant que tout le carrosse se tord et se tire-bouchonne.

Fou de rage, j'étais.

— Qui a fait ça ? je hurle.

Sur quoi, une espèce de mastodonte se lève d'un seul bond.

— Moi, il répond d'une voix caverneuse, et après ?

Tout de suite, c'est le silence total, comme s'ils s'attendaient à une bagarre ou autre. Qu'est-ce que je pouvais faire ? Il avait une carrure de gorille et devait peser au moins cent dix kilos. Et le pire, c'est que c'était sûrement pas lui qu'avait fait le coup, mais un sale petit crevard que j'aurais pu démolir une main attachée dans le dos.

— Le chauffeur, je bafouille. Dangereux… lancer des choses… pourrait aller dans le fossé.

J'en aurais pleuré, d'entendre ma voix, tremblante, ridicule.

En voyant à quel point j'ai les jetons, le géant plisse sa gueule toute boutonneuse dans un ricanement :

— T'occupe donc pas du chauffeur, ma vieille branche, on se charge de lui.

Et il m'ébouriffe les cheveux, genre amical, ce qui a le don de me mettre en fureur vu que j'ai passé une heure, ce matin, à me coiffer convenablement.

Mais j'ose rien dire, il est tellement énorme, et on voit tout de suite que c'est le genre de brute imbécile qui *adore* casser la figure aux gens.

Quand les rires se sont calmés, il ramasse la boîte à chocolats.

— Allons, il fait, sans rancune, vieux, on voulait simplement t'envoyer un choco. (Il en choisit un dans la boîte et regarde l'inscription sur le papier.) À la noisette, tu vois, t'es verni, moi aussi, je les préfère durs. Allez, ouvre !

Et ce salaud-là me force à ouvrir la bouche pendant qu'il y enfourne le truc avec ses gros doigts sales qu'ont pas été lavés depuis les trente dernières fois qu'il a été aux vaters.

Et l'a fallu que je reste là, assis, à faire semblant de sourire, comme si je prenais ça pour une plaisanterie, alors que je crevais d'envie de lui écraser la gueule, de lui casser toutes ses dents, de lui arracher ses petits yeux de porc, de l'entendre beugler de douleur, de le faire ramper à plat ventre devant tout le monde. Mais j'osais pas et on voyait bien qu'il s'en rendait compte et trouvait ça très drôle.

Il faisait semblant de s'excuser, après quoi il se tournait vers les autres pour leur cligner de l'œil, je paric, vu que chaque fois ils se bidonnaient tous comme des cinglés. Et moi, j'imaginais un pote à moi s'amenant par-derrière et le sonnant d'un coup de bouteille, après quoi, à nous deux, on aurait le temps de lui démolir la trogne et les côtelettes à coups de pied avant qu'il puisse se relever — comme ça, il serait jamais en état de nous rendre la pareille.

Mais on sait ce que c'est que les amis, quand il vous arrive un pépin. Pour ce qui est de se faire payer à boire ou de vous piquer vos sèches, ça, on peut compter sur eux, mais dès qu'on se fourre dans un micmac quelconque, on s'aperçoit illico qu'ils vous connaissent pas, qu'ils vous ont jamais vu avant et ils restent plantés là, en faisant des « Tzz... tzz », des « Oh ! si c'est pas honteux », pendant qu'une équipe de gros bras vous répand sur le pont et vous travaille le cuir à coups de tatane.

En fait, les excursions de groupe, je déteste ça, plus encore que de voyager tout seul avec deux bonnes sœurs et une petite gosse pour toute compagnie — et rien d'autre que le paysage comme distraction.

Et les *revues* que j'ai sous les fesses, en plus, ces bouquins pleins de voluptueuses pin-up que je peux même pas regarder à cause de l'équipe d'en face. Y en a une qui montre une fille en pyjama, la veste toute déboutonnée, et l'autre une blonde en collant de filet, pas seulement les bas, non, *tout* en filet.

Les bouquins qui sont pas illustrés, ils valent pas le coup ; jamais en Angleterre. Tout ce qu'on y trouve, c'est une petite allusion au sexe par-ci, par-là, juste assez pour qu'on aille jusqu'au bout de l'histoire, mais entre nous, c'est moins que rien. Aucun rapport avec ce qu'on trouve en Afrique du Nord. En Angleterre, c'est comme qui dirait du porno honteux, d'énormes dessins de femmes à moitié nues sur la couverture, uniquement pour vous soutirer le fric de la poche. Et dedans, rien que des trucs barbants.

Les Anglais, c'est qu'une abominable légion d'hypocrites, dans ce genre-là. Prenez par exemple celle-ci, que j'avais spécialement remarquée. *Séduction*, ça s'appelle. Sur la couverture, on voit un petit lot qui se fait embrasser dans un champ d'herbe. Sa robe est relevée de façon qu'on voit entièrement ses cuisses. Et, en dessous, ça dit :

« Dans la tiédeur de l'été, une jeune beauté découvre l'Amour et ses secrets. »

En clair, ça veut dire : encore une vierge qui se fait dépuceler par un quelconque fils de pute.

Et dedans, on sait très bien qu'y aura rien d'autre que des mots comme « seins », « amour champêtre », toutes les trois pages et rien que du bla-bla emmerdant entre deux. L'amour ? Y aurait de quoi rire si c'était pas si écœurant. Une vieille rombière dorée sur tranche s'amarre avec un petit gars de dix-huit piges et s'escrime toutes les nuits comme un bison à l'époque du rut. Et ils appellent ça « *faire l'amour* ». Qu'est-ce que le fait de tirer son coup peut bien avoir à foutre avec l'Amour ?

Non mais, vraiment, on devrait s'occuper de la question : ou bien vendre franchement des vrais bouquins pornos ou alors coller aux autres des couvertures montrant qu'y a rien dedans que des cochonneries honteuses baptisées à l'eau de rose.

En fait, y a pas deux façons de les lire, ces trucs-là. D'abord, on feuillette tout le bouquin ou la revue jusqu'au bout en jetant un coup d'œil aux fins de chapitres. C'est là que sont les trucs sexy. Un chapitre sur trois, d'habitude. Ensuite, quand on a lu tous les passages où le héros a fourré sa main à peu près partout, on reprend au début et on lit l'histoire. Si on peut, bien sûr. Lire l'histoire, je veux dire. En général, c'est tellement rasoir — à part les passages sexy — qu'on le balance avant la cinquième page.

Alors, ce qu'il faut faire, c'est retrouver tous les passages sexy et corner les pages, histoire de montrer ça aux copains et de se marrer avec eux.

Ils sont bons qu'à ça, ces bouquins. Sont pas faits pour être lus en entier, mais seulement pour y piquer çà et là les passages un peu cochons et les faire passer dans les bars et au boulot. Entre nous, s'ils étaient un tant soit peu intelligents, ils les vendraient tels quels, pas toute l'histoire, juste une demi-douzaine de pages séparées, ce qui éviterait à tout le monde de se casser le tronc pour les chercher. Sans compter que ça économiserait du fric. Au lieu de payer trois shillings six pence, on pourrait les avoir pour quelque chose comme trois pence. Le prix d'un journal.

Si je me mettais à les lire, ces revues, faut dire, c'est sûr que les deux religieuses, elles seraient drôlement secouées. Comme si ça ne leur était jamais venu à l'idée, à *elles* ! Avant même le départ du train, pendant que je flânochais sur le quai, elles ont retourné la revue sur la banquette, de façon à pas voir la pin-up. Je suis certain de l'avoir laissée à l'endroit, je me rappelle parfaitement les yeux genre réclame pour matelas de la blonde au collant de filet. Mais, en revenant, je l'avais trouvée retournée, la revue, montrant une espèce de crétin de Bibendum en train de lorgner son bras enflé. « Vous aussi vous pouvez avoir un corps d'athlète », à condition de pas serrer les jambes quand on lève le poids.

C'est idiot, je sais, mais en m'imaginant les bonnes sœurs en train de retourner la couverture, ça m'a gêné ; j'en ai même *rougi* !

Non mais, au bout du compte, y a tout de même pas de quoi avoir *honte*, il me semble ? La vieille chipie du kiosque, elle avait pas honte, elle. Et tous ces gens, à la gare, ils avaient pas honte non plus. Alors, pourquoi est-ce que, *moi*, j'irais trouver quelque chose de pas convenable là-dedans ? Tout le monde aime ça — le sexe, je veux dire — et qu'on vienne pas prétendre le contraire. Y a simplement que certains s'estiment trop bien pour l'admettre, ce qui les empêche pas de le faire en douce.

C'est dans la nature des choses, le premier savant venu vous le dira : si on peut pas s'en débarrasser, on devient dingue. À vouloir y mettre une bonde, toute cette eau sale, elle peut plus sortir, elle vous monte à la tête et vous pourrit le cerveau.

Ces mecs-là, ils savent de quoi ils parlent, et dans leur idée, quand ça vous prend et qu'on vous l'offre, alors on se fait tort en refusant, vu qu'on est pas bâti comme ça. Le sexe, faut qu'on en ait tous les jours si on veut fonctionner normalement, ou se prendre en main soi-même, ce qu'est encore mieux que rien.

Je connais tous ces trucs-là. Je suis pas un illettré, vous savez. J'ai même lu des bouquins là-dessus. Pas ceux de Port-Saïd et autres, non, l'authentique, écrit par des professeurs. Une fois, j'en avais acheté un, là-bas chez nous, y a de ça deux ans, écrit par un type qu'était psychiatre de profession. Ça parlait de sexe. Ça s'appelait *Le guide sexuel de l'adulte* et c'était plein d'histoires de mecs qu'étaient devenus branques à force de s'en priver et qu'avaient tous guéri en moins de deux dès qu'ils avaient cessé de se retenir. Des cures d'une nuit, si vous voyez ce que je veux dire. Très intéressant, ce livre. Finalement, il a été lu par tout le bateau.

Ce que disait le psychiatre en question, c'est que le sexe, c'est irrésistible, comme d'avoir faim ou envie de dormir, et qu'il faut toujours lui céder sans ça on abîme « sa délicate mécanique interne ». C'est ses mots exacts : délicate mécanique interne. Je le sais, vu que je les ai appris par cœur. En tout cas, *moi*, jamais plus je n'essaie de me retenir. Non mais, c'est vrai, une délicate mécanique interne, ça se soigne.

De toute façon, pas question de sexe dans le compartiment avec une équipe pareille, alors je me colle les revues sous le bras et je sors. Pas difficile d'imaginer ce que les bonnes sœurs ont pu penser en me voyant sortir avec les pin-up :

— Oh ! Sœur Clarisse, voyez donc ce jeune dévergondé avec ses revues *shocking*.

— Oui, Sœur Agathe, nous devons prier pour son salut.

Mais ce qu'elles pensent, moi, je m'en balance. Leur opinion ou rien, c'est pareil.

Dehors, dans le couloir, y a pas grand-chose à voir, rien que des arbres avec une rivière au milieu, et dans les autres compartiments, quelques vieux schnoques en train de piquer un somme en bavottant sur leur menton.

Dans les vaters, c'est beaucoup mieux. Je dois pouvoir y rester un moment, alors j'allume une sèche et je reluque un peu les pin-up. Ravissantes, elles sont ; on en a les yeux tout larmoyants rien que de les regarder — marrant comme on peut se sentir tout chose quand on est déculotté. C'est tellement intime, là-dedans, entre quatre murs, ce qui fait que personne peut vous voir ni vous entendre et toutes ces filles étalées là qui vous sourient et vous montrent presque tout, alors on s'échauffe ; c'est comme de se trouver dans un harem, toutes portes fermées. J'étais donc assis là, occupé à leur enlever leurs petits bouts de lingerie. Voilà ce que je ferais, si j'avais plein de fric : j'irais en Orient et je me paierais un harem avec une cinquantaine de filles de toutes les sortes et de toutes les espèces : des blondes, des brunes, des rousses, des Blanches, des Jaunes, des Noires — tout ce qu'on peut imaginer comme genre. Une couleur différente chaque jour de la semaine, et tout le paquet le dimanche. Une fois dedans, je flanquerais la clé en l'air et plus jamais je mettrais de pantalon.

La blonde qu'est sur la couverture, sur la peau d'ours — elle y passerait en premier. Elle et moi, tout seuls, sur la peau d'ours.

Ça devient vraiment tout ce qu'y a d'intime là-dedans, avec la fumée et tout, mais, au bout d'un moment, ma jambe est complètement engourdie et je suis forcé de me lever. J'ai pas envie de retourner tout de suite au compartiment, alors je me plante devant la glace et je me peigne et j'examine mes coupures. Je suis beau gosse, quand même. C'est pas qu'on me l'ait dit comme je vous le dis là ; faut pas compter sur les camarades pour vous faire des compliments, sont trop jaloux, mais prenez n'importe quelle photo de moi, ça se voit tout de suite. J'en ai une là, dans mon portefeuille, où je suis avec Maureen et deux, trois copains, dans un pub. Je tiens mon demi d'une main (de la bière blonde, je me souviens, à l'époque je carburais au pale-ale) et mon autre bras autour de la taille de Maureen, un chouette petit lot, entre parenthèses. Mais le truc sidérant, c'est ma ressemblance avec Tony Curtis. Je porte le même costume qu'aujourd'hui, le gris anthracite, une cravate marron unie, avec simplement mes initiales dessus, qu'on sache qui je suis, et je suis coiffé à la bol, mais impec, ce qui fait que c'est lui tout craché.

Pour voir ce que ça donnait, j'avais montré le cliché aux copains en leur disant : « Qui est-ce, d'après vous ? » Mais tous, ils répondaient : « Toi, bien entendu… » Et si j'insistais : « D'accord, mais qui d'autre… Quelqu'un de célèbre… une vedette de cinéma… », alors, là, ils se mettaient à se marrer comme des baleines : « Tu voudrais qu'on te réponde Tony Curtis. T'es gonflé, papa. T'es tout le portrait de King-Kong », ce qui a le don de me mettre en boule. Alors je la montre plus à personne, la photo ; ils sont trop jaloux pour convenir de ce qui est. Que ça ressemble à Tony Curtis, je veux dire.

Elles sont vachement profondes, les coupures. Ce qui n'empêche pas que je serais la risée de tout le rafiot si jamais ça venait à se savoir, la façon que je les ai récoltées. Ce matin, pendant le trajet jusqu'à la gare, j'ai inventé une histoire comme quoi j'avais passé la nuit avec une jeune vierge sensationnelle qui vivait seule dans une grande maison, et qu'était tombée folle de moi après que je l'ai tirée des pattes de trois malabars qui l'avaient agressée. C'est ce que je dirai à tout le monde, pas ce qui est arrivé, bien sûr, vu que, de toute façon, personne dit jamais la vérité, mais uniquement des tas de salades à propos de formidables petites pépées, alors qu'en fait la fille avec qui ils sont sortis devait être le genre vieille peau avec « T'as le bonjour de Kelly » écrit à l'encre indélébile au moins cinq cents fois autour du nombril.

D'un coup de peigne, je rabats deux ou trois cheveux rétifs, après quoi j'arrange un peu les pattes en tâchant de les faire onduler un peu. À présent, ça va, alors j'inspecte mes dents qui sont toutes brunes de tabac. Derrière celles de devant, c'est plein de nicotine, mais parlez si ça vous fait rouler des calots de vouloir regarder, on a l'impression de se voir mort. Et, en plus, ça me donne le tournis, alors je laisse tomber et je fais la chasse aux points noirs.

J'en ai deux bien juteux sur le menton et un ou

deux autres dans le petit creux, près des narines. Sur le menton, c'est facile. Je les presse et je les aligne sur le rebord du lavabo pour pouvoir les compter après. Mais ceux du nez sont coton. C'est la croix et la bannière pour les enlever, vu que c'est tendre comme tout dans ces parages-là, et j'en ai les yeux qui pleurent, que c'est un bonheur. Ils finissent par sortir quand même et je les aligne à côté des autres. Cinq, y en a, en tout. Et j'en vois plus d'autres, bien que le copain, là-bas, à bord, qui regardait mes oreilles, m'avait dit que j'en avais des masses de ce côté-là, des champions, selon lui les plus gros qu'il avait vus de sa vie.

Quand il m'a eu dit ça, j'ai fait des pieds et des mains pour essayer de les voir ; j'ai emprunté des miroirs et des glaces de poche à tout l'équipage pour voir le derrière de ma tête. Tant et si bien que j'ai fini par en avoir une soixantaine d'éparpillés dans ma piaule et toujours pas moyen de bigler mes oreilles d'assez près pour rien voir. Mais voilà qu'un jour, le dénommé Billy, il nous annonce qu'il va nous prendre en photo sur le pont.

— Un petit coup de profil, pour changer, tu veux, Billy ? je lui dis.

La vraie raison, j'allais tout de même pas la dire devant tout le monde. Mais une fois la pellicule développée, j'avais l'oreille complètement dans l'ombre. Le reste du visage en plein soleil, comme de bien entendu, mais l'oreille toute noire. Je fumais, je vous jure. Enfin quoi, quand on a des trucs dans les cliquettes, on devrait avoir le droit de les voir, il me semble ! Chaque fois que l'envie vous en prend. C'est terrible, non, d'avoir quelque chose que le premier venu peut bigler à son aise et que soi-même on peut pas voir ni pour or ni pour argent. J'avais fini par passer des nuits blanches à chercher un moyen d'arriver à les attraper. Vous savez, ces envies qui vous prennent, des fois, d'être quelqu'un d'autre, de se sortir un moment de sa peau pour se voir vraiment tel qu'on est ? Eh ben, moi, si ça m'arrivait, vous savez ce que je ferais ? Je m'installerais pénard sur une chaise et je passerais une bonne heure à m'éplucher les oreilles.

Je suis bien avancé, maintenant ; j'ai plein de marques rouges autour du nez et sur le menton et, en plus, ça fait mal, alors je m'asperge un petit coup et je recoiffe les cheveux que j'avais déplacés en me colletant avec les points noirs. Mais, après ça, j'ai quand même pas envie de retourner dans le compartiment, alors pendant que j'y suis, je m'attaque à ces espèces de boutons que j'ai aussi. Vous n'imaginez pas ce que j'ai pu essayer comme trucs pour qu'ils partent, mais rien n'y fait. Je passais des heures sur le pont, la tête au soleil, en espérant qu'ils s'en iraient. Mais je t'en fous, oui ! Je m'amène avec une peau blanche et des boutons et, au bout de je ne sais combien d'heures, tout ce que je récolte, c'est les mêmes boutons mais avec un coup de soleil épouvantable en plus. Parlez d'une saloperie !

Je me sers d'un tire-bouchon spécial, une épingle que je porte toujours sur moi, au revers de mon veston. Un peu en forme de bête à bon Dieu, le bout, je veux dire. Je l'ai eue dans un de ces pétards-surprise, à Noël, y a des années de ça, quand je frayais avec Maureen, la fille que je vous ai dit. C'était le soir du réveillon ; même qu'elle était venue exprès me l'apporter à moi, ce pétard, pour qu'on le fasse craquer nous deux et, quand on a tiré, l'épingle est tombée. Maureen a voulu que je la garde comme porte-bonheur, en souvenir d'elle. Bizarre, elle était, ce soir-là, cette brave Maureen… Disait pas grand-chose et les larmes qui lui venaient aux yeux… Au moment de tirer chacun de notre côté sur le pétard, elle a dit :

— Fais un vœu.

— Quel genre de vœu ?

J'étais à moitié rond et pas très vif, faut dire.

— Mais… rien qu'un vœu… pour nous deux…

Je la sentais prête à pleurer.

— Tu te sens pas bien, ma poulette ? je lui fais à voix forte, et je vois tout le monde se retourner et nous regarder comme des bêtes curieuses.

— Laisse donc… tire…

Elle était devenue toute rouge, au point que je me demandais si elle avait pas bu un coup de trop mais, brusquement, j'ai réalisé. Comprenez, elle et moi, ça faisait quelque chose comme six mois qu'on se fréquentait, alors vous savez ce que c'est : une petite dose tous les soirs « d'amour libre », ce qui s'appelle, et les filles finissent par se faire des idées — de la musique d'orgue, des gosses et des pots de fleurs à la fenêtre…

On tire tous les deux en même temps et voilà que tombe une espèce de papillote.

— Kéksékça ? je demande.

Maureen la défait :

— C'est une épingle coccinelle, tu sais… Tiens (elle se penche et me l'accroche derrière mon revers), garde-la comme porte-bonheur — pour nous deux. Et, là-dessus, elle me lance un de ces longs regards tendres, terribles, et moi j'étais gêné, ce qui fait que j'ai bu je ne sais combien de pintes d'ale pour l'oublier et que, la semaine d'après, je signais mon engagement à bord d'un caboteur et que je suis revenu que treize mois plus tard.

Pour Maureen, il s'est réalisé, son vœu. Ou à moitié, en tout cas. Cet été-là, six mois après la dernière fois que je l'avais vue : un petit garçon avec des cheveux noirs bouclés et des yeux tout à fait pareils aux miens.

Comme de juste, j'ai juré mes grands dieux que j'y étais pour rien. Je lui ai dit, au curieux, que j'avais toujours pris des précautions, qu'elle cavalait avec cinq ou six autres mecs en même temps et que n'importe lequel pouvait très bien être le père. À vrai dire, c'était un mensonge. Cette bonne Maureen, c'était la femme d'un seul homme, strictement. Très fidèle. Elle était même vierge, quand on s'est connus. Mais qu'est-ce que j'aurais pu faire d'autre ? Dire la vérité, ça revenait ou bien à l'épouser ou bien à lui payer une pension alimentaire jusqu'à la fin de ses jours. Et, de toute façon, je l'avais sur le dos. Et pour ce qui est du fric et de la rigolade, à partir de ce jour-là, pour moi c'était tintin.

En tout cas, pour les boutons, l'épingle c'est pratique parce qu'il faut d'abord les percer et avec quelque chose de propre, sinon ça s'infecte. C'est un boulot d'acrobate, avec le train qui vous chahute d'un côté et d'autre, et faut être drôlement calé, comme moi, pour pas se percer le gosier pendant qu'on s'escrime. Une fois fini, j'essuie le tout d'un coup de serviette et j'inspecte le travail. C'est proprement fait, y a pas à dire. Ce qui n'a rien d'étonnant, vu que j'ai attrapé le tour de main avec l'épingle depuis le temps.

Après un autre rinçage et un dernier coup de peigne, j'ai vraiment belle allure, surtout avec la frange à la Tony Curtis. Dommage que je puisse pas me voir de profil — y a qu'un seul miroir —, ça me plairait bien parce que cette autre môme avec qui j'étais sorti une fois, Joan, elle m'avait dit que j'avais un profil « ensorceleur ».

— Comme une vedette de cinéma, elle avait ajouté, la première fois.

— Ah ! ouais ? je lui retourne, méfiant, attendant le vanne. Qui ? Blanche-Neige ou Popeye ?

— Non, vraiment, je vous assure, vous avez un très beau profil.

Et on voyait bien, à son air, qu'elle était sincère.

Mais on peut quand même pas raconter ça aux camarades du bord, sinon ils vous répliquent que votre meilleur profil, c'est de dos et courbé en deux. Ils trouvent ça drôle, ces pauvres crétins. Mais, Joan, on pouvait la croire. Elle était très intelligente. Travaillait dans un bureau et tout, ce qui l'empêchait pas de faire vachement son étroite ; elle voulait rien savoir jusqu'à ce que je lui aie sorti le bon vieux bobard comme quoi je l'aimais et que j'avais l'intention de l'épouser, mais que j'étais tellement fou d'elle que je pouvais plus attendre. Tout de suite ou jamais, autrement dit. Le genre de salade qu'on leur sort quand on s'en ressent dur. Après ça, on se l'envoie tous les soirs jusqu'à ce qu'on puisse plus la voir en peinture et qu'on s'embarque à bord d'un long-courrier. Et quand on revient dix-huit mois plus tard, elle est en ménage avec un autre et y a un gosse à la clé qu'est déjà tout le portrait de Tony Curtis.

Entre nous, les femmes sont d'une bêtise telle qu'on pourrait leur dire d'avance, mot pour mot, tout ce qu'on va leur raconter comme salades, toutes les promesses qu'on tiendra pas, elles finiraient quand même par marcher, en se disant qu'on faisait que plaisanter, avant, que c'était une sorte d'épreuve, pour savoir si elles vous aimaient vraiment. Les pauvres idiotes, elles se rendent pas compte qu'un homme qui les aimerait vraiment admettrait jamais qu'elles fassent des saletés avec personne, même pas avec lui-même.

Enfin, bref, y a l'autre casse-pieds qui s'escrime sur la serrure depuis dix bonnes minutes, alors je le fais poireauter encore un peu, le temps de graver un petit poème sur la porte avec une épingle, juste là où il peut pas éviter de le voir :

Pas la peine de monter sur la lunette,
Les crabes[1] *ici font des sauts de deux mètres.*

J'estime, quant à moi, que c'est une des choses les plus drôles qu'on ait jamais écrites. La première fois que je l'avais vue — dans un vater, là-bas, sur les docks de Londres — j'ai failli éclater de rire, sans blague ! Vous vous représentez un type tout debout sur les chiottes… Et, subitement, je me suis rendu compte de ce que ça voulait dire, alors j'ai été pris de sueurs froides. J'en étais *malade* ! J'avais l'impression que des millions de petites pattes me couraient sur la peau et ça me démangeait, quelque chose d'insensé. À la fin du compte, je suis retourné au bateau à fond de train — plus de trois kilomètres… à pied —, et là, j'ai fait un strip éclair et je me suis passé tout le corps au désinfectant. Ce que je souhaite depuis, c'est que le type qu'attendait dehors, il soit passé par là lui aussi. Non mais, vous vous représentez ? Coincé dans le train sans pouvoir se laver autrement que sur un pied, avec comme baignoire le minuscule lavabo des vécés ?

Après ça, je suis retourné dans le compartiment ; c'était par trop sinistre, dans le couloir, et puis j'avais envie de me reposer un peu les fesses.

D'ici trois heures à peu près, on sera à Londres. Une heure de plus pour retrouver le bateau, ensuite appareillage à minuit, ce qui me laissera tout le

1. Poux de pubis, morpions *(N.D.T.)*.

temps de me rafraîchir avant de regagner le bord. Faut dire que cette croisière-là, ça me chagrinerait pas tellement de la rater, le tour du monde et retour. On finit par se fatiguer des long-courriers, bien que le bronzage soit pas à dédaigner, sans compter le pécule qui se pose là. Les voyages plus courts, c'est bon à prendre quand on est casanier, qu'on a une famille. À part que c'est toujours les mêmes cargos et toujours cette sinistre mer du Nord qu'il faut se taper. Tandis que sur les bourlingueurs, c'est là qu'on voit vraiment du pays, l'Atlantique, le Pacifique, la Méd', l'Afrique, le Japon, les États-Unis, Hong-Kong, l'Australie, de la couleur en masse, des souvenirs en masse et des flopées de choses à raconter au retour.

Mais c'est le Japon qu'est le plus bath, faut dire, avec tous ses bordels et ses mignonnes petites prostituées. En mer, eh ben, jamais vous entendez un matelot dire du mal du Japon. Première fois que j'y ai été, le bateau a fait escale dans un petit port pour décharger une cargaison de sel avant de rejoindre Tokyo, et, quand on a commencé ce boulot, parlez d'une surprise : les manœuvres en train de pelleter, c'était pas des hommes, c'était des femmes. Il faisait une chaleur à crever, et dans la cale c'était un vrai four, ce qui fait que toutes ces femmes, elles ont bel et bien ôté leurs blouses et elles ont continué à travailler nues jusqu'à la ceinture pendant que les gars, eux, lâchaient leurs outils comme un seul homme et restaient là, au-dessus des panneaux, bouche bée, dans un silence de mort.

C'est de ces trucs qu'on voit jamais ailleurs, et tous autant qu'on était, on en revenait pas, sauf les vétérans qu'avaient pas l'air épatés ni rien, et qui sont descendus en rigolant. Ils savaient une chose que nous on savait pas, c'est que le vrai sport, ça se passait sur le pont inférieur, quand les femmes, le boulot fini, elles passaient aux douches pour enlever le sel qui leur collait à la peau. Elles descendaient par grappes en piaillant, en gloussant et en s'éclaboussant les unes les autres. Comme elles s'étaient même pas souciées de fermer la porte, moi, je restais planté là, à les regarder, et tous les officiers de la Marine Anglaise nous auraient pas fait bouger d'un pouce.

Même dans cette bousculade terrible, à voir tous ces corps bruns et souples, il se passe un drôle de truc. On se sent tout chaud et tout mou, comme si on avait en place de boyaux de l'eau bouillante qui tourbillonne en vous giclant le bas-ventre. Quand ces nudistes vous racontent qu'y a aucun mal à se balader à poil dans la nature, ils déménagent. Pour sûr qu'y en a. Quoi de plus naturel, pour un homme, de se faire des idées quand il se trouve auprès d'une poule qu'est nue comme la main ? Une femme tout habillée, des fois, on pense même pas qu'elle peut avoir un sexe, mais on l'a pas plutôt délingée comme ces petites Japs, aussitôt on perd la boule à l'idée de ce qu'on aurait envie de lui faire. Ces histoires comme quoi c'est naturel de se baguenauder tout nu, c'est des salades inventées par des espèces de dégoûtants qui veulent voir des femmes à poil sans avoir le courage de l'admettre. Là-bas, au kiosque à journaux, y en avait de ces revues de nudistes — à côté des pin-up —, des magazines présentant ça comme si c'était monnaie courante, de se trimbaler dans le paysage avec rien sur le dos. Vous voyez le genre : des grandes photos sur papier glacé de Mavis Tas-de-Sable à Trous-les-Bains en train de « passer des vacances adorables », avec une flopée de mecs en costume de baptême qui lui cavalent après. Et tout le monde fait comme si ça n'avait rien de drôle comme si c'était la chose la plus *naturelle* du monde.

Mais moi, je suis pas bon ; ils me donnent envie de dégobiller. Ils sont tout aussi hypocrites que ces bouquins pornos déguisés.

Fallait les *entendre*, à la cantine, après le départ des Japonaises ! Mais les vétérans, eux, ils faisaient que rigoler : « Attendez seulement d'être à terre, ils disaient, quand vous verrez toutes ces petites geishas elles vont vous bouffer tout crus. » Rien que d'y penser, personne a pu fermer l'œil de la nuit.

Quand on est descendus à terre, le lendemain, j'avais avec moi un gars du nom d'Evans. Un peu arabe sur les bords, j'ai idée. On arrivait pas à comprendre pourquoi il naviguait, celui-là. Il venait même pas d'un port, mais de l'intérieur, quelque part dans le Sud, le Sussex ou un coin pareil. Son vieux était bourré ; tenait un des pubs les plus prospères du coin, tout ce qu'y a de chic, où allaient tous les requins pour se taper le tronc ou se noircir.

Un genre de country-club, c'était, qu'ils tenaient à eux deux, lui et sa bonne femme.

Roderick Evans — Roderick (parlez d'un prénom ! Il renaudait si on l'appelait comme ça, d'ailleurs — c'était le genre bien baraqué, alors on l'appelait Evans, mais Roderick quand il avait le dos tourné), avait la veine d'être fils unique et seul héritier de la famille, et sa mère et son dab, ils estimaient qu'on avait rien fait de mieux depuis le saucisson en rondelles.

Ils le couvraient de cadeaux. Et quels cadeaux ! Une fois, c'était un fusil de chasse pour Noël — qu'avait coûté plus de cent livres —, après ça, pour son anniversaire, il recevait une montre en or — dix-huit carats — et entre-temps, histoire de s'amuser et de se débarrasser d'un peu de fric en rab, son vieux lui allongeait de quoi se payer une bagnole, ou bien un voilier, pour faire du bateau sur la rivière par beau temps. Mais mon Roderick, au lieu d'en profiter tant que ça durait, il s'était mis dans la tête de devenir quelqu'un et de voir le monde, ce qui fait qu'on le prenait tous pour le roi des couillons. On a pas idée de plaquer un pub pour prendre la mer ! Tous les matafs que je connais, ils en devenaient dingues, d'envie de plaquer la mer pour les pubs.

Toujours est-il que, ce jour-là, on descend tous les deux à terre et, à peine arrivés au bout du quai, voilà qu'un petit vieux — un Jap — se met à nous filer le train et à nous interpeller de cette bizarre voix chantante qu'ils ont.

— Hé, Johnny ! Vous braves garçons, vous prraire

bien à moi, vous beaucoup argent, hein ? Vous venir ma maison, voir mes filles. Très jories filles, magnifiques, très jeunes, sûrement quatorze ans, très genti, très amies marins… très genti avec marins. Vous venir, har… ma maison…

Et ainsi de suite, et tout ça avec le sourire du brave type qui vous invite simplement à prendre le thé chez lui.

J'étais très corniaud, à cette époque, alors je dis à Roderick :

— Hé, Rod, je lui dis. (Il me permettait de l'appeler Rod, vu qu'on partageait la même cabine. C'est vrai, quoi, je pouvais pas l'appeler Evans toute la sainte journée, surtout qu'on créchait ensemble.) Hé, Rod, je lui fais, pourquoi on le prendrait pas au mot, ça m'a tout l'air de valoir le coup.

Vous auriez dû voir sa tête :

— Non mais tu rigoles ! Tu veux attraper ta mort ? Non, non… pas question. On va aller dans une boîte officielle où les femmes sont examinées tous les jours.

C'est qu'il y était déjà allé, au Japon, Roderick.

Alors on fait demi-tour en disant au vieux d'aller se faire voir… C'est chouette, d'être à l'étranger, on peut crier n'importe quoi, personne vous comprend.

— À la niche, grand-père ! on beuglait. Change de disque, ton aiguille est coincée !

Mais, comme il connaissait qu'une dizaine de mots d'anglais, il croyait qu'on lui demandait combien.

— Har, har… très pas cher, vous viens, sont très jeunes, très jorries, magnifiques.

Fallait entendre ce que Roderick lui a passé, de chercher à fourguer ses filles comme ça.

Il nous a suivis jusqu'à la porte du bordel en question et nous a même pas lâchés une fois entrés. Comme culot, il se posait là. Il a même passé la tête par la porte en continuant à nous vanter la beauté de ses filles et leur adoration pour les marins, jusqu'à ce que le videur de la boîte l'empoigne par le collet et le vire comme un malpropre. Eh bien, malgré ça, il restait là dehors, toujours avec son petit sourire, à nous faire des signes de la main de l'autre côté de la glace.

Une fois dans la petite cellule, voilà que, d'un seul coup, tout se met à aller de travers. La fille était jeune, plus jeune que moi, même, et elle avait une mignonne petite figure avec des grands yeux noirs, et c'est alors que j'ai senti une impression tout ce qu'y a de bizarre en la voyant devant moi, si petite avec son kimono rouge à grandes fleurs, l'air si douce et si gentille. C'est pas que j'avais le trac ni rien de pareil — des femmes, j'en avais eu des tas, même à mon âge — mais elles semblaient être *faites* pour ce métier-là, toutes des grues maousses à l'air coriace et vache, ce qui fait qu'on se gênait pas pour leur en faire voir de drôles — du genre de celle d'hier soir, ces tapins qu'on lève dans un pub et qu'on s'envoie dans une entrée de ruelle parfumée à l'eau d'égout. Mais là, c'était autre chose. La chambre était minuscule, mais très jolie, avec des petits bouquets de fleurs partout, rouges, verts et bleus, dans des petits paniers de bambou. Avec ce silence et cette fraîcheur, on se serait cru dans une église, à la campagne.

La petite geisha, elle se coule vers moi et, subitement, je me rappelle ce qu'elle fait là et je suis pris d'une peur terrible, la peur que ce soit vrai, qu'elle soit pas autre chose qu'une grue comme les autres, rien qu'un corps, sans rien de gentil ni d'agréable, uniquement de la chair offerte à prix fixe. Pour rien au monde je voulais qu'une chose pareille arrive. J'avais simplement envie de m'asseoir là et de causer, en lui tenant la main, et peut-être bien de l'embrasser, mais pas le genre viens-là-que-je-t'étouffe, non, doucement, délicatement, comme si c'était la première fille que j'embrassais de ma vie, en tenant son visage entre mes mains et en la regardant dans les yeux. *Jamais* j'avais encore embrassé une fille de cette façon, et ça me paraissait si merveilleux, l'idée d'avoir ce joli petit visage tout près du mien, comme un pétale de fleur. Tenez, même son haleine serait parfumée, comme une rose. Non, à vrai dire, pas une rose; une rose, c'est beaucoup trop gros et trop clinquant pour une fille comme elle, non, plutôt une de ces fleurettes qu'on trouvait dans les bois étant gosses, sous les feuilles, comment ça s'appelait donc, ces tout petits trucs violets… eh ben, c'est ça, justement : des violettes… son haleine sentirait la violette et elle lèverait vers moi son adorable petit museau pour que je l'embrasse et je serais tellement heureux que je me sentirais comme perdu. Je saurais plus quoi faire.

Et, d'un seul coup, j'en ai eu marre, des copains, de la boue, des grossièretés.

Je la vois plantée devant moi, si frêle, si douce et si petite fille, je tends les bras (tellement ému et intimidé que j'en ai quasiment les larmes aux yeux), je lui prends les mains et je les embrasse. Alors elle me regarde et me sourit, et après ça on s'assoit l'un contre l'autre et je la berce tendrement dans mes bras, en lui parlant et en riant avec elle. Je m'imagine combien ce serait merveilleux simplement de passer toute la journée ensemble. On sortirait, on se promènerait en ville et je lui achèterais des cadeaux dans les boutiques, des jolis kimonos de couleur, qu'elle soit encore plus mignonne, des fleurs à piquer dans ses cheveux et, déjà, je sens qu'à partir de maintenant je vais me conduire proprement, lui être fidèle, finis les putes, les traînées, les gros mots. On se mariera et on vivra ici, au Japon, dans une petite chambre propre et coquette comme celle-ci. Le soir, je rentrerai du boulot et je la retrouverai, tiède et douce, en train de bercer le petit en lui chantant une berceuse pour l'endormir et, en me voyant entrer, elle me fera un grand sourire et moi j'irai l'embrasser… Hé là, minute ! Son sourire, c'est du toc ; derrière, les yeux sont durs, écœurés. Je sens un grand froid m'envahir, un froid douloureux, terrible.

— D'abord, vous allez là-bas (et elle me désigne au fond, dans un coin, une petite table que j'avais pas remarquée. Dessus, il y a la dose habituelle d'antiseptique violet, avec une pile de serviettes en papier.)

Mon rêve s'écroule. Il en reste plus rien, que de la haine et de la méchanceté. Je voudrais me vautrer dans l'ordure pour oublier combien j'ai été stupide. À quoi je rêvais ? À une poule, une putain, une poubelle pour le jus de patate de tous les cochons d'affamés de sexe de toutes les saloperies de putains de rafiots de toutes les vacheries de pays pourris de cette infecte planète plombée jusqu'à l'os. Ces mains, que je m'apprêtais à embrasser une seconde plus tôt, ces mains — en imaginant où elles sont allées, tout ce qu'elles ont pu faire — y a pas deux secondes on aurait dit des mains d'ange et maintenant c'est plus que les pattes moites et dégueulasses d'une vieille salope de prostituée. Et cette bouche. J'ose même pas penser aux choses qu'elle a faites, sinon j'en deviendrais fou. L'idée que *n'importe qui* peut s'amener avec un peu de son ignoble argent gagné en grattant de la peinture ou en épluchant des patates et que ces quelques minables bouts de papier sales et chiffonnés peuvent donner le droit de s'étaler, de ramper sur le corps de cette adorable mignonne qu'a peut-être même pas seize ans et qu'a l'air d'avoir un visage d'ange, c'est quelque chose d'abominable.

En tout cas, moi, j'ai payé, alors j'en prends pour mon fric. Je lui en fais voir de toutes les couleurs, les plus basses perversions et ça, pas parce que j'ai le tracassin, mais parce que j'ai été tellement blessé, tellement déçu, que la seule chose qui compte pour moi, c'est me venger. Mais j'ai beau tout essayer pour lui faire mal, pour la vexer, le petit sourire professionnel reste en place, et elle va même jusqu'à rajouter deux, trois grognements, soupirs et gémissements, comme si elle y allait du voyage, comme si elle y trouvait du plaisir, *elle* ! Chiqué, mensonges, tout ça, uniquement pour qu'on en ait pour son argent. Quelqu'un est passé avant moi et un autre attend dehors que j'aie fini — rien d'autre que du toc : l'argent contre de la sueur, des cheveux, de la chair et, tout au fond de soi, une horrible sensation que rien pourra jamais effacer. Chiqué aussi, cette chambrette enjolivée tout exprès pour l'éternel numéro de chiennerie. Ce genre de choses, c'est dans des allées, des venelles, que ça devrait se pratiquer, est à sa place que dans la puanteur et la saleté. Personne a le droit de faire ça ici, où on se croirait à l'église, tellement c'est tranquille, propre et joli, avec toutes ces fleurs.

Après ce que j'ai rêvé, parlez d'une dégringolade. Y aurait pas de promenades en ville, la main dans la main, pas de rires partagés, pas de sourires échangés, pas de petite maison, pas d'enfants... rien... Que le retour à bord et les grosses plaisanteries, et, le lendemain matin, les types qui disent :

— Eh ! Visez un peu ces éraflures que j'ai dégottées hier au soir.

Oui. Et moi je ferais pareil, je leur dirais :

— Tiens, regarde ces coups de griffes, en jouant les marioles, mais la mort dans l'âme, avec le sentiment d'avoir perdu quelque chose, cette chose que je cherchais depuis des années et que plus jamais je ne retrouverais.

Durant tout le chemin du retour, Roderick, mon Arabe, il arrêtait pas de me les casser avec la façon qu'il s'y était pris, comme ci et comme ça, et qu'il retournerait le lendemain pour essayer encore deux ou trois positions qu'il avait oubliées dans le feu de l'action, comme si ça pouvait m'intéresser, moi, ce genre de conneries. J'étais là, écœuré, déballé, et tout ce qu'il trouvait à me rabâcher, c'étaient des bobards sur son sex-appeal, son tempérament, la grosseur de ses ustensiles et la manière de s'en servir. Ils me rendent malade, moi, les hommes, à être comme ça, les salauds. Uniquement parce qu'ils sont amoureux fous d'eux-mêmes, ils s'imaginent que tout le monde doit l'être aussi. Je finissais par souhaiter qu'il chope une chaude-lance carabinée et que sa béquille pourrisse au point de lui rester dans la main.

Il était tellement surexcité et content de lui, le Roderick, que, ce soir-là, il s'est installé dans la piaule et qu'il a tout écrit en détail à son copain de toujours, là-bas, dans le Sussex et, une fois fini, il l'a relu à haute voix. Y avait tout, mais ce qui s'appelle tout — comme quoi les petites putes elles se collaient des coussins sous les reins pour qu'on puisse mieux les grimper, qu'elles simulaient la jouissance, qu'elles vous griffaient le dos pour qu'on puisse montrer ça aux autres le lendemain. Une lettre incroyable, quatre grandes feuilles remplies des deux côtés. Il s'y entendait, ce vieux Rod, pour ce qui est d'écrire des bafouilles. L'avait fréquenté une de ces écoles snobs, comme la petite fille, où on vous prend en pension avec uniforme et tout. Sa lettre finie, il en a écrit une autre à ses vieux, ce qui fait qu'il s'est mis au pieu qu'à une heure et demie du matin. La lettre pour chez lui était pleine de petits détails et racontait l'entrée du bateau dans le port, où l'eau était si bleue, si claire qu'on voyait le fond, avec les tapées de petits poissons qui frétillaient autour. Et puis aussi des réflexions sur ces drôles de trucs qu'on voit en Orient, avec des «je suis en pleine forme et bronzé», enfin ce genre de choses, histoire de faire plaisir à sa vieille; après ça, venait une page et demie sur la boîte à musique qu'il leur avait achetée comme cadeau cet après-midi-là (elle vous jouait un petit air, pendant que des lumières de couleur s'allumaient dessus, puis elle vous offrait des sèches et ensuite du feu — autrement dit elle faisait à peu près tout, sauf la danse du ventre), et sa lettre finissait par «Dommage que vous ne soyez pas là, il fait un temps splendide. Votre fils affectionné», avec toute une ligne de baisers en dessous. Après quoi, il cachette les lettres et les poste le lendemain en retournant au bordel chercher son rab de fesse.

C'est quand on a débarqué à Sydney que ce brave Roderick a appris la bonne nouvelle, et quand c'est venu aux oreilles de l'équipage, fallait les voir se tenir les côtes. Au lieu de garder ça pour lui, il cavalait partout en pleurant de rage, et en agitant sa lettre comme un fou furieux. Paraît qu'il s'était trompé d'enveloppe et qu'il avait envoyé celle destinée à son pote (et qu'était pleine de détails sanglants sur le boxon) à ses parents. La réponse qu'il venait de recevoir d'eux comprenait en fait deux parties : une de son père pour lui annoncer qu'il était déshérité et que, s'il osait jamais remontrer sa fraise à la maison, il serait reçu avec une charge de chevrotine, et l'autre de sa vieille lui disant combien elle était horrifiée que son « Roderick chéri » ait pu faire des choses aussi « abominables » et écrire là-dessus des lettres aussi « horrifiantes » à d'autres gens, et surtout à quelqu'un de si proche pour que ça s'ébruite et que ça « ruine notre réputation dans le pays ».

Y en avait comme ça des pages et des pages, de son paternel et de sa mémé, mais il en ressortait une seule chose : le Roderick chéri était cuit. Finis la vie de château, les cadeaux, les barmaids dans la cave, la bière à l'œil. À partir de dorénavant, il n'était plus que J.O.S. Evans et faudrait qu'il gratte, qu'il marne, qu'il sue, qu'il en bave pour gagner son bœuf comme nous tous.

Tout le monde s'est bien marré (derrière son dos, je dois dire, vu que c'était le genre balèze) et s'en est payé une sacrée tranche à ses dépens. Chacun pensait que c'était bien fait pour ses pieds, à ce prétentiard. Quand ce vieux Roderick était de service et que les autres gars et moi on avait envie de rigoler, on s'asseyait au mess et on tâchait d'imaginer la scène, quand son vieux et sa vieille recevaient la lettre, là-bas, chez eux.

Voyez d'ici la maison : genre tape-à-l'œil, avec des beaux meubles partout et, de l'autre côté de la fenêtre, un grand jardin plein de fleurs.

Ils sont là, en train de prendre leur petit déjeuner quand le courrier arrive. Nappe blanche, service de porcelaine, cafetière en argent — pas de théière ébréchée ni de bouteilles de ketchup ou autres pour eux, vous pensez ! — et juste comme ils attaquent les rognons grillés et les petits pains beurrés, ils entendent le « plop » de la lettre qui tombe sur le paillasson du vestibule.

— Ah ! fait Mme Evans. Pourvu que ce soit de Roderick !

Et hop ! Elle cavale la chercher tout en s'essuyant les mains à son tablier.

— C'est de notre fiston…

Et la revoilà serrant le poulet de quatre pages contre sa poitrine. Le regard du paternel s'allume et il aide sa femme à faire un peu de place à la table — la tambouille peut attendre — et ils s'asseyent côte à côte pour lire le chef-d'œuvre. C'est une sorte de rite chez eux, chaque fois qu'ils reçoivent un de ces tissus de mensonges.

Ils se pressent surtout pas, de façon à faire durer le plaisir.

— Quel drôle de timbre ! fait le père.

Et elle :

— Et quelle belle écriture, tu ne trouves pas ? Si honnête, si ferme, si racée.

Leurs têtes se sont rapprochées et Mme Evans ouvre soigneusement l'enveloppe du bout d'un ongle aussi verni que racorni. Ils retiennent leur souffle. Délicatement elle la sort, l'étale lentement, la lisse et l'aplatit, la pose contre la cafetière, s'éclaircit la gorge à petits coups : hum, hum...

— « Cher Jim », ils lisent.

— Mais qu'est-ce que ça signifie, « Cher Jim » ?

Intrigués, ils se regardent sans comprendre, puis se replongent dans leur lecture.

Tu peux pas savoir ce que ça peut paraître mort, ce trou perdu du Sussex, où faut toujours s'envoyer la même fesse, tous les samedis soir, alors qu'ici ça pousse pour ainsi dire sur les arbres, etc.

Plouf ! fait Mme Evans, qui tombe dans les pommes et s'écroule sous la table, une main tenant la lettre, l'autre agrippant sa gorge de vieille dinde.

Patatras ! fait la cafetière en argent que M. Evans, l'écume à la bouche, envoie valdinguer par terre avec le reste du petit déjeuner... Blague à part, ça a dû barder vachement. Eux qui croyaient que le soleil luisait par son trou de balle et tout, vous vous rendez compte !

En face, la fillette est en train de feuilleter le gros livre noir de la sœur qu'est garni de petits rubans de couleur et d'images pour marquer les pages. (Elle y a fichu une telle pagaille qu'il va lui falloir huit jours, à la sœur, pour tout remettre en ordre.) Et, finalement, ce qui lui tape dans l'œil, c'est l'image d'une fille en robe blanche avec un agneau à côté d'elle.

— Pourquoi elle a un agneau ? demande la gosse.

Et la nonne, qui perd pas une occasion de placer sa propagande, lui répond que c'est un « symbole de pureté », comprenez si vous le pouvez.

— Qu'est-ce que c'est la pureté ?

— La pureté, c'est quand un monsieur et une dame se conduisent entre eux comme des anges.

Moi, j'ai envie d'y mettre mon grain de sel en leur disant que, dans ce cas-là, ça existe pas, parce que, moi qui vous parle, j'ai voyagé et j'ai connu des milliers de gens, eh ben, j'ai jamais vu d'hommes et de femmes qui se conduisent entre eux comme des anges, mais toujours comme des animaux. Et je parie bien que personne en a jamais vu faire autrement, en plus. La « pureté », ça fait partie des bobards de l'endoctrinement religieux, tout comme « aime ton prochain », « honore tes parents », « tu ne voleras pas », et toutes ces foutaises qui sont bonnes qu'à vous gâcher l'existence, vous empêcher de rigoler et de jouir de la vie comme on est censé le faire. Vous vous rendez compte de ce qu'elle deviendrait, la vie, s'il fallait suivre *leurs* commandements ? Pas de sexe, pas de gnôle, pas de saine rigolade… Merde alors, qu'est-ce qu'on pourrait bien faire de son temps ? Autant être mort.

— Pourquoi elle a une croix ?

C'est la petite qui parle, bien entendu. L'autre,

celle qu'est sur l'image, a le bras passé autour d'une énorme croix de bois.

— Parce que c'était une martyre, lui répond la nonne.

— Qu'est-ce que c'est, une martyre ?

Les mômes, moi, ils me rendent dingue, avec toutes leurs questions.

— Un martyr, c'est quelqu'un qui croit en quelque chose de bien et qui préfère mourir plutôt que de devenir mauvais.

Ou un truc comme ça. Des tapés, autrement dit.

— Pourquoi on l'a tuée ?

Alors la nonne lui raconte l'histoire de sainte Agnès, la fille de l'image, qui voulait pas épouser ce type de l'ancienne Rome qu'était un fumier, alors on lui a coupé la tête. Elle avait que treize ans et si petite, avec ça, si mince que, même les plus petits fers qu'on avait pu trouver, ils glissaient sur ses poignets quand ils ont voulu l'enchaîner. Mais croyez-vous que ça les ait arrêtés ? Je t'en fous, oui ! Ils l'ont mise toute nue, torturée et puis tuée. Paraît qu'une semaine après sa mort, sa vieille et son dab, ils avaient rêvé d'elle et l'avaient vue dans une lumière aveuglante avec un petit agneau à côté d'elle pour bien prouver qu'elle était au Ciel. Une histoire très triste, et, quand la bonne sœur a eu fini, la petite était en larmes. Pendant plus d'une demi-heure après ça, elle a pas arrêté d'embrasser l'image et de la caresser en répétant : « Pauvre petite sainte Agnès, pauvre, pauvre, sainte Agnès ! » Et, tout d'un coup, c'est devenu quelque chose qui prêtait plus du tout à rigoler.

C'est drôle, les trucs qui vous viennent dans le crâne, des fois ; des choses qu'on se rappelle avoir vécues mais qui paraissaient tellement improbables qu'on se dit que c'est seulement de l'imagination ou peut-être qu'on les a simplement rêvées et oubliées par la suite. Des choses bien, en général. Au fond, la plupart des gens sont pareils, ils savent même pas ce qu'ils ont dans leur propre tête. Ils se prennent pour ce qu'ils sont pas, en général des types merveilleux, alors que si la vérité venait à se savoir, on découvrirait qu'ils sont tout autre chose. Comme ce vieux Roderick. Il se prenait pour un fortiche, à la coule et dans le vent et tout, et puis arrive un pépin, il se ratatine et se met à chialer comme un môme.

Ce qui me fait penser à ça, c'est cette image qui réveille des choses que j'avais oubliées pendant des années. Étant gosses, on allait à la chasse aux cibiches. La plupart du temps, fallait se contenter de clopes mais, le problème, c'était souvent de dégotter du feu. On était trop petits pour qu'on nous en vende dans les boutiques… Devaient se figurer qu'on allait faire partir des pétards ou flanquer le feu quelque part, ou autre chose. Et pour ce qui est de demander à quelqu'un dans la rue, on risquait une paire de calottes, alors toute notre équipe avait pris l'habitude d'aller chercher du feu aux cierges de la petite église, près du parc. Y en avait des pleines boîtes devant chaque statue, le long des murs. Des petites chandelles qu'on payait un penny et qu'on allumait sur ces espèces de grands panneaux de fer forgé, mais pour graisser le toboggan, c'était sensass. Des fois, en allant prendre du feu, on en piquait une. Pas chaque fois, notez, seulement de temps en temps. On était pas des voleurs. Après quoi, on allait graisser la glissoire avec dans le parc. Parlez si ça dévalait, une fois passé au suif ! D'habitude, quand on l'avait pas frottée à la chandelle, on s'arrêtait bien avant le bout. Mais avec un peu de suif, ça vous envoyait drôlement valdinguer. Avec les copains, on organisait des concours, à celui qui irait le plus loin. Fallait faire vite, à poser les pieds par terre. Si on atterrissait sur le dos, on était complètement assommé.

Un jour qu'on venait de passer une demi-heure à graisser le truc, voilà que s'apporte le petit Maurice Goldman avec sa mère. Parlez d'un affreux, le Maurice ! Le genre qu'arrêtait pas de raconter des craques et fallait que sa maternelle l'accompagne partout pour lui éviter de se faire corriger par les autres gosses. Un sale petit cafard, je vous jure. Il se figurait que tout le parc était à lui. On était en train de faire de la balançoire quand ce sale petit bougre s'amenait et disait :

— Hé ! là-bas, les gosses ! (Toujours il nous appelait « les gosses », comme si l'avait pas notre âge.) Hé, toi, descends, c'est à *moi* de me balancer.

Et ça servait à rien de dire non, sa mère radinait et vous obligeait à lui laisser la place. Alors on cherchait tout le temps à lui filer un bon marron et à déguerpir à toute barre avant que sa vieille ait le temps de rappliquer.

Mais, ce coup-là, ils s'amènent ensemble, la vieille Goldman et le chouchou à sa mémé.

— Allons, allons, mes enfants, allez-vous-en, elle nous balance d'un ton sans réplique. Mon petit Maurice a envie de faire du toboggan.

Toujours pareil, quand son petit Maurice avait envie d'aller sur quelque chose, fallait que les autres gosses en descendent.

La façon qu'on s'est tous écartés sans rouscailler aurait dû lui mettre la puce à l'oreille. Pour une fois, on voyait pas d'inconvénient à lui laisser la place, à son Maurice, l'allait en avoir drôlement besoin.

Comme il était bouffi — tenait ça de sa mère —, c'est tout juste s'il a réussi à grimper jusqu'au bout de l'échelle. En fin de compte, il s'assoit en soufflant comme un bœuf et en s'accrochant ferme aux deux baffes. Et puis il regarde sa mémé sans se douter de rien.

— Lâche tout, mon trésor, lui lance Mme Goldman.

Et vrrroum ! Son précieux colis dévale à la vitesse d'un boulet de canon. Elle se tenait tout contre le plat avant l'arrivée, les bras tendus pour l'attraper, mais il lui passe sous le nez à quelque chose comme cent cinquante à l'heure. Il porte de ces culottes de soie très brillantes, idéales pour l'accélération. Arrivé au bout, il fait un vol plané, rebondit une quinzaine de fois dans le gravier et manque d'un poil de se retrouver dans le barbotoir.

Pliés en deux, on était. Blague à part, c'était drôle. Depuis ce jour-là, on l'appelait Maurice le Magnifique, dit Trompe la Mort. Et, chaque fois qu'il revenait au jardin public, on envoyait un têtard — elle osait pas taper sur les mioches — à leur rencontre pour leur dire, d'un air innocent :

— Siou plaît, Mâme Goldman, Maurice pourrait pas nous montrer encore une fois son truc au toboggan ?

Elle en devenait verte de rage.

Le marrant de l'histoire, c'est que Maurice détient bel et bien le record du cul par-dessus tête. On a mesuré les marques. De plus de six pieds, il l'a battu. Mais, d'après George, c'est facile, n'importe quel idiot est capable d'en faire autant, du moment qu'il craint pas d'atterrir sur le crâne pour y arriver.

Mais ça, c'était une autre fois. Ce coup-là que je vous parlais, quand on était allé chercher du feu, y avait pas de cierges allumés près de la porte, alors on avait dû entrer carrément dans l'église. Ce qu'était risqué, vu qu'on pouvait pas ressortir aussi vite, si quelqu'un s'amenait. C'est là qu'on l'a découverte, la statue de sainte Agnès, planquée dans une niche du mur, avec un ciel peint en bleu derrière elle, et un petit agneau à son côté. Elle avait un visage si beau, si gentil, que je suis comme qui dirait tombé amoureux d'elle. Comprenez, j'avais que douze ans à l'époque, et Dieu sait si on peut être bête à cet âge-là. J'ai même empêché les autres de jurer ; ça me faisait l'effet d'être déplacé dans l'église. Ce que je ressentais, je l'ai jamais dit à personne, ni à l'époque, ni depuis, vu que c'est des choses que personne comprend, mais qui les font rigoler, c'est tout.

Les matafs, tout ce qu'ils connaissent, c'est les grossièretés. Ayez le malheur de parler de quelque chose d'un peu convenable, et ils vous regardent comme s'ils avaient affaire à un cinglé.

Alors, j'y suis retourné tout seul, rien que pour m'asseoir et, dans le silence et la tiédeur de l'église, il me venait la bizarre impression qu'elle était vivante, la statue, qu'elle me regardait avec ses yeux si tendres, qu'elle me parlait, qu'elle voulait me dire des choses. Pas des choses qu'on dit avec la bouche pour que les gens les entendent — j'étais pas devenu cinoque, ni rien, notez bien — mais des choses qu'on sent *en dedans* de soi. Ce qui compte vraiment.

Et, après cette première fois, je voulais plus de la bande avec moi, alors je leur ai raconté une salade comme quoi le bon père, il était salement à cran contre eux pour avoir fumé dans son église, ce qui fait qu'ils ont dû aller chercher du feu dans une autre. C'était vache, faut reconnaître, vu que la plus proche était à près de deux kilomètres. Celle à la statue était devenue mon église personnelle; j'y allais en visite, uniquement, et je passais des heures assis, à regarder, à penser, à me laisser emporter par la sensation magnifique de partir en laissant le monde derrière moi pour un pays merveilleux où y aurait pas de bagarres ni de discussions et où tout le monde serait propre, convenable et gentil.

Ça m'avait vraiment changé ; un moment, j'avais même cessé de dire des gros mots. On aurait dit qu'ils me collaient à la bouche. Ils me semblaient sales et le seul fait de les *penser* m'écœurait. Je me rappelle que je regardais discuter les autres et que je comprenais pas comment ils pouvaient se croire malins ou intelligents avec tout ce qui leur sortait de la bouche.

Ça aurait pu donner quelque chose, vous dire *quoi*, c'est une autre affaire, mais rien que l'idée ça me fait comme un coup de poignard en pleine poitrine. Exactement la même sensation que j'ai eue quand la petite Japonaise a montré qu'elle était pas autre chose que de la gadoue et que ça m'a rendu malade. À bien regarder, c'est ça qu'en était cause, le fait que la chambre était un peu comme l'église, tranquille, tiède et fleurie, et la geisha minuscule et jolie comme sainte Agnès. À part qu'elles faisaient que se ressembler : l'une était un rêve merveilleux et l'autre la sinistre réalité.

Et voilà que cette image me rappelait tout ça, des souvenirs à quoi j'avais même pas pensé depuis une éternité.

Je dois dire que ça s'est terminé comme se terminent toujours les choses un peu propres… Dans la vie, y a que la saloperie et la bêtise qui prospèrent : les voleurs, les grandes gueules et les faisans.

Un jour que j'étais assis devant la statue, perdu dans les nuages, en train de penser à des choses, une énorme main m'empoigne par le cou et je manque en mourir de frayeur. C'était une espèce de grosse brute avec un stupide costume marron, façon sac de charbon, le devant tout maculé de taches de suif.

— Qu'est-ce que tu fais là ? il commence à brailler en m'enfonçant ses ongles sales dans la peau du cou. (J'en ai gardé la marque durant des semaines.) T'es pas un catholique, toi ! il fait en me secouant la tête à la décrocher. Récite-moi un peu l'*Ave Maria*…

Et moi j'avais une telle trouille qu'il m'ait bondi dessus comme ça et il me faisait tellement mal que je me suis mis à pleurer.

— Ah ! il fait de sa voix éraillée de poivrot, je vous connais, bande de petits voyous. Ça vient pour piller les troncs. Allez, ouste !

Et, d'une secousse, il me remet debout avec une telle brutalité que je me casse la gueule sur l'agenouilloir.

— Décampe ! C'est pour les catholiques, ici ! Ceux de ton espèce, on veut pas les voir !

C'était abominable, l'église qu'était si tranquille, si tiède, devenait tout d'un coup une vraie maison de fous, avec cette espèce de grosse larve qui me traînait par le col en beuglant, et moi qui raclais les bancs avec mes pieds et mes genoux.

— S'il vous p… p… plaît, j'arrêtais pas de crier. S'il vous plaît… lâchez-moi, j'étais juste venu pour… pour… prier.

En fait, c'était bel et bien ça que je faisais, mais pour qu'il m'écoute, macache. Vous comprenez, j'étais pas propre et bien astiqué, mais plutôt craspect et rouge de honte, tandis que, lui, c'était le genre chafouin minable qu'on voit toujours en train de rôder dans les parages des toilettes publiques ou de quêter dans les églises.

— On me la fait pas, à *moi*, il répétait sans arrêt en me traînant le long de l'allée, ça se voit sur ta figure que t'as pas la conscience tranquille.

C'est bien ça. Les abrutis, les imbéciles se figurent toujours que personne peut les rouler. Sont tellement bouchés qu'ils se prennent pour la crème des roublards.

Quand je me rappelle combien j'étais bouleversé, l'envie me reprend de lui faire passer le goût du pain, à cet enfant de salaud. De quoi vous dégoûter à jamais d'entrer dans une église, des individus de son espèce. Tous pareils, ces calotins, une bande d'hypocrites ventrus toujours en train de vous agiter leur tirelire sous le nez.

Un bout de temps après, je suis retourné avec les copains et j'ai oublié toutes ces histoires, comme de plus dire des grossièretés et autres stupidités. Ça a changé quand même quelque chose : jamais j'ai remis les pieds dans une église, même quand je crevais d'envie de fumer.

En dehors du Japon, y a qu'une seule autre fois où je me suis ramolli au point de croire stupidement qu'il pouvait exister quelque part sur terre des filles bien, qui seraient pas des vieilles saloperies de menteuses, de chiqueuses et de putes. Celle-là, elle habitait dans la rue d'à côté et ce que je me rappelle le mieux, c'est qu'elle avait des cheveux noirs très longs — jusque dans le bas du dos — et des lèvres tellement rouges qu'on en restait ahuri. Quel âge j'avais, à l'époque ? Dans les quinze ans, je suppose, et elle autant, ou en tout cas du tout comme, mais le marrant de l'histoire, c'est que je lui ai même *jamais adressé la parole*, jamais approchée d'à moins de six pas. En tout cas, pas à ce moment-là. Plus tard, oui, mais pas à ce moment-là.

Je me souviens que je rêvais d'elle. La nuit, une fois couché, elle était là, près de mon lit, et elle riait et elle causait, avec sa bouche rouge, ses longs cheveux noirs qui voletaient autour de son visage pendant nos promenades à la campagne, dans les bois, le long des petits ruisseaux, et tout ça avec du soleil partout et des chants d'oiseaux. J'avais même cessé de m'amuser tout seul. Je sais pas pourquoi, mais ça me semblait moche de faire des trucs pareils, maintenant que je devais me montrer à la hauteur, puisque je l'avais, *elle*. Un rêve que je me rappelle en particulier parce que c'est un des plus beaux que j'aie jamais faits : on habitait tous les deux dans une petite maison et, tout d'un coup, je me rendais compte qu'elle était ma femme. Et notre chambre baignait, comme qui dirait, dans le calme, la félicité... Elle me souriait, je la prenais dans mes bras et j'étais tellement ému que je m'éveillais en pleurant, tout heureux et malheureux en même temps.

J'en avais pas dit un mot aux autres, bien sûr, sans ça ils auraient rien eu de plus pressé que de la mettre toute nue, de la tripoter et de la salir avec leurs bouches ordurières et leurs cervelles corrompues et stupides. Certains jours, alors qu'on discutait le coup au coin d'une rue et qu'une fille venait à passer, leurs réflexions me terrifiaient. Je me disais que la prochaine fois, ça pourrait être elle, que les gars lui diraient bonjour comme ça, mine de rien, et qu'une fois passée ils raconteraient les pires choses sur son compte. Je recommençais à les prendre en grippe, à plus pouvoir supporter leurs grossièretés. Je les regardais, je me souviens, faire leur numéro de « m'as-tu vu », leurs trognes pustuleuses ricanant de contentement et c'est tout juste si je pouvais me retenir de vomir, tellement ça me dégoûtait. Ce coup-ci, je me disais : « C'est fini pour de bon les gros mots et les plaisanteries ordurières, tu vas te conduire comme quelqu'un de comme il faut. Plus question de faire machine arrière, maintenant que t'as Pat dans ta vie. »

Mais ça a fini comme ça finit toujours.

Un soir, un gars du quartier — une espèce de grande brute à l'air complètement crétin, George, il s'appelait — passe devant nous, au carrefour.

— Hé ! Jojo ! lui crie Henry, ça marche toujours avec Pat, t'as réussi à la décider ?

— Z-en faites pas pour moi, les gars, je m'en suis payé une sacrée tranche, tous ces temps-ci.

Et il se met à nous sortir en détail tout ce qui se passe entre Pat et lui — pire que ce vieux Roderick, même — et tous les autres en bavent d'admiration et, avec des « aaah ! » et des « oooh ! », lui flanquent de grandes claques dans le dos comme s'il avait vraiment fait quelque chose de merveilleux.

Sur le coup, je parvenais pas à le croire. Je me suis tiré de là et j'ai erré dans les rues, ruminant ce que j'aurais voulu lui faire, à ce fumier, pour avoir inventé ces saletés. Je l'aurais harponné par la gorge et je lui aurais cogné la tête contre un mur jusqu'à ce que son crâne éclate et que ce qui lui servait de cervelle lui coule sur son col de chemise comme du jus de navet. Mais je pouvais rien faire, il avait dix-huit ans, et fort comme un Turc avec son air con et son visage tout boutonneux.

C'est ça que j'arrivais pas à comprendre, qu'elle… *elle*, avec ses lèvres admirables, elle ait pu se laisser approcher par cette espèce d'emplâtré. C'était trop pénible à penser. J'en ai pleuré.

Cette nuit-là, j'ai dû faire plus de trente kilomètres à pied à travers tout le patelin, le long de rues que j'avais jamais vues, et, avec ça, il pleuvait des cordes à tel point que j'étais trempé comme une soupe. Mais ça m'était égal, j'aurais voulu attraper une bonne congestion pulmonaire et en crever.

Quand j'ai fini par rentrer me coucher, j'ai pas rêvé de Pat. Elle s'était tout bonnement évanouie. Environ un mois plus tard, elle est revenue, mais c'était plus merveilleux comme avant ; on était tous les deux nus sur un lit ou bien sur une plage, mais ça nous laissait une impression pénible de chaleur, de sable gravillonneux et de tracassin. Et puis l'autre truc a recommencé, même que je mettais un point d'honneur à me taper un rassis tous les matins et tous les soirs à la santé de Pat.

Par la suite je l'ai eue, bien entendu, mais à peu

près tous les gars du quartier aussi. À cette époque, elle devait avoir eu plus de montes qu'une gagnante de Grand Prix, et son bel éclat, des milliers de nuits chaudes dans les coins sombres des ruelles et du parc l'avaient terni. C'était même plus marrant du tout, ça ressemblait à rien de ce que j'avais imaginé. Après, elle avait pleuré et m'avait suivi le long de la rue, au point que j'avais dû lui botter les fesses pour qu'elle se décide à me lâcher. Depuis, je l'ai détestée... tellement elle faisait malsain.

C'est de ce moment-là que j'ai compris et que j'ai remis au point mon opinion des femmes, et j'en ai plus jamais changé... sauf cette seule fois, au Japon, à l'époque de mes dix-huit ans. Quand on est capable de raisonner, on se rend compte qu'y a en fait que deux sortes de femmes, les jolies, qu'aiment ça, et les moches, qu'adorent ça. Elles veulent toutes la même chose et, pour l'avoir, elles iront trouver le premier venu qu'est prêt à leur en donner, et y a encore jamais eu personne d'assez con pour refuser. Peu importe d'où elles sortent, leur façon de parler ou tout ce que vous voulez. La vieille pouffiasse de l'atelier de ferblanterie ou les chichiteuses des bureaux — même si elles emploient pas les mêmes mots, une fois déshabillées elles parlent toutes la même langue. Les femmes, c'est tout salope et compagnie, *c'est de naissance*, elles pensent qu'à une chose : se faire grimper et coller des gosses.

Prenez tous ces prétentiards et ces professeurs qu'écrivent des tas de bouquins sur l'Amour et qui veulent en faire tout un mystère, un genre de religion, même. Une religion, le sexe ? Non, mais, ils se foutent du monde ! Les chiens le font, les chats le font, les chevaux, les cochons et tout ce qui rampe et qui grouille, toutes les saloperies imaginables sur terre le font, et un connard quelconque va s'amener pour essayer de vous faire croire que parce que la poule, elle s'est lavée au savon à la violette ou autre, c'est pas comme les clebs au milieu de la rue, que c'est *sacré* ! Non, vraiment ; y a des coups de pied au cul qui se perdent. Ils savent rien, ces cocos-là, s'ils croient que c'est merveilleux, le sexe, rien de rien.

Moi, j'ai eu qu'une seule chose de bien dans ma vie, une seule femme que j'ai *vraiment* estimée, ce qui s'appelle, et c'est justement celle qu'on vient de me raconter l'histoire, qu'a été torturée et qu'a préféré qu'on lui coupe la tête plutôt que d'entendre parler de sexe. Est-ce que je pourrais croire en elle si elle s'était fait enfourcher par un homme, si elle avait poussé des grognements et des gémissements ? Bon Dieu ! Je peux même pas en supporter l'idée. Demandez au premier venu ce qu'il est, il vous répondra : le dernier des salauds, mais à sa tête on voit bien qu'en fait il se prend pour un type bien, le brave, propre, honnête Américain cent pour cent, aimant sa mère et son foyer, et que s'il se fait passer pour une ordure comme vous, c'est uniquement pour pas vous vexer. Mais moi, je suis pas comme ça. Pourri jusqu'à la moelle, d'accord, mais capable de respecter une chose bien quand elle se présente et je permettrai jamais qu'on dise du mal de la petite fille à l'agneau. C'est peut-être la seule femme propre qu'ait jamais existé. C'est bien simple, des comme elle, on en *fait plus*.

En tout cas, maintenant que je connais l'histoire de sainte Agnès, j'ai dans l'idée que j'irai là-bas, à Rome, un jour, voir l'endroit où on l'a tuée. C'est ça qui serait formidable, voir l'endroit même où elle se tenait, *là*, en *chair*... non, pas ce mot-là — bien vivante — où elle se tenait là, bien vivante, et les défiait, leur disant :

— Vautrez-vous dans la boue comme des animaux, si vous voulez, mais n'attendez pas de moi que j'en fasse autant.

Je me demande comment ils l'ont torturée. Avec des fers rouges pour lui écorcher la peau ? À coups de poing dans la figure ? En lui écrasant les doigts de pied ? En lui arrachant les ongles et en lui collant des bouts de bois enflammés dessous ? Pouvez être sûrs qu'ils se sont pas gênés pour chercher ce qu'y avait de plus douloureux, si ces Romains étaient seulement *moitié moins* ignobles et sadiques que les gens aujourd'hui, la pauvre gosse a dû en voir de terribles.

Rien que d'y penser, j'écumais. Qu'est-ce que j'aurais pas fait si je m'étais trouvé là avec une mitraillette ! Une bonne giclée et je te les aurais tous ratatinés avant qu'ils aient eu le temps de porter la main sur elle, je les aurais vus s'empiler les uns sur les autres en beuglant et en gigotant pendant que mon flingue crachait le tonnerre et le feu et que les balles percutaient, déchiraient, écrasaient et les envoyaient valser dans le décor. Jusqu'à ce qu'il en reste plus un seul. C'est le silence. Elle est là, devant moi et me regarde, sa silhouette se détachant sur le fond de ciel, sa robe s'agitant doucement au vent léger, baignée tout entière dans une prodigieuse lumière dorée…

Je sais que c'est gnangnan, ce genre d'idées, mais la religieuse, avec son regard gentil, et la gosse, elles font drôlement bien, ensemble. On comprend que les mômes, ils aiment les bonnes sœurs ; ça prouve qu'ils sont pas bêtes. Bien sûr, y en a qui se mettent à hurler quand ils en voient une, mais ceux-là, c'est le genre de petits crétins qui gueulent de toute façon devant n'importe quoi.

Et de l'entendre causer, cette petite, c'est un vrai régal, pouvez pas savoir. Sa façon de prononcer chaque mot comme il faut, sans oublier un seul « s » ni un seul « h », c'est chouette comme tout. C'est ça qu'on devrait leur apprendre, aux gosses, au lieu de parler bêtement comme un charretier, comme moi. Elle racontait aux sœurs qu'elle prenait des leçons de danse, en levant haut les bras, le dos bien cambré.

— Vous voulez que je vous montre des pas, ma sœur ? elle demande.

— J'aimerais beaucoup, répond la nonne en baissant la voix pour que je puisse pas entendre, mais il n'y a pas beaucoup de place, et à galoper dans le compartiment tu gênerais le monsieur d'en face, elle ajoute avec un large sourire, pour bien montrer qu'elle dit ça à la blague.

— Je ne galope pas, chuchote la petite, je vole (et elle agite les bras) comme du duvet de chardon.

— Eh bien, c'est défendu de voler ici, lui réplique la nonne en chuchotant. Et le duvet de chardon c'est interdit dans les trains, ça fait éternuer les voyageurs.

La gosse se met à glousser et à se trémousser.

— Si le monsieur, il éternuait, il ferait un grand trou dans son journal.

Et, à cette idée, la voilà qui se tord.

Ça m'aurait pas *vraiment* gêné, de la voir danser — en fait, ça m'aurait même plu. J'avais envie de leur dire : « Vous gênez pas pour moi, ma sœur, j'adorerais voir danser la petite. » Ç'aurait été gentil, de se parler, de faire connaissance, de devenir amis…

Mais je me suis rappelé les bouquins, et j'ai eu honte, subitement. D'ailleurs, je parle trop grossièrement, et puis je dois sentir la bière, et autre chose aussi, après cette histoire d'hier soir. Des gens bien comme eux, ils voudraient rien avoir à faire avec moi. Suffirait que le minable propre à rien que je suis se mêle d'intervenir pour tout flanquer en l'air et leur gâcher leur plaisir. Probable qu'elles iraient même jusqu'à changer de compartiment. Et je n'y tenais pas du tout. Je voulais au contraire qu'elles restent. D'être là en leur compagnie, ça me rendait tout heureux.

Je voulais pas non plus qu'elles me trouvent mal élevé, à lorgner sans arrêt de leur côté, alors je me suis tourné vers la vitre pour voir défiler le paysage. C'était très joli, je dois dire, ce vert, ce calme et cette fraîcheur. Tout gosses, on prenait souvent le train pour la campagne — sans payer la plupart du temps — mais ça aussi c'était dans le programme des réjouissances. On rigolait bien, les copains et moi, à rassembler les moutons épars quand il fallait pas, à se balader avec des gros bâtons en décapitant les orties, à chercher des mûres dans les haies... C'est drôle, mais quand je me rappelle ce temps-là, il me semble qu'il faisait toujours si bon, plein de soleil et de fleurs partout, d'oiseaux qui piaffaient et de petits lapins qui cavalaient dans tous les coins. C'est souvent qu'on voudrait pouvoir redevenir un petit môme comme avant.

Le seul ennui, c'est que dans le courant de l'après-midi, à galoper comme des fous au soleil, on finissait par avoir une soif terrible et, cette fois-là que je me rappelle, on était un peu perdus et on savait pas où y avait des maisons. Alors, on a décidé de boire au petit ruisseau qu'on venait de rencontrer.

Vous savez ce que c'est, les moutards, quand ils sont tous plantés là, à se défier l'un l'autre :

— Vas-y le premier, alors.

— Nan... vas-y, toi. Moi, j'ai pas vraiment soif.

— Ouh ! Le sale menteur ! Y a pas une minute, tu disais que tu *crevais* de soif !

— Je dis pas, mais y a un moment de ça. Maintenant, c'est passé.

— Allez ! Avoue que t'as peur, des fois qu'y aurait des serpents dedans.

Il a pas plus tôt parlé de serpents que tous les gars qui s'étaient approchés du ruisseau à travers les hautes herbes reculent d'un seul bond jusqu'à la clôture, pendant que Joe se prend le pied dans un bout de fil de fer et se met à hurler : « Aahh ! Y a une bête qui m'a agrippé ! », ce qui nous flanque une secousse terrible.

En fin de compte, on s'y est tous mis pour tâcher de décider ce mioche qu'était avec nous, le petit Francis, à en laper un coup. Et ce crétin de George, il trouve rien de mieux que de lui dire :

— Attention ! C'est du poison !

Le petit Francis devient vert et commence à cracher tout ce qu'il sait et à pleurnicher après sa maman.

— Sois pas idiot, je lui crie. Si c'était du poison, comment qu'elles feraient, les grenouilles, pour vivre dedans ?

Maintenant que j'avais ouvert ma grande gueule, je pouvais pas faire autrement que d'en avaler une gorgée, et elle avait un tel goût, cette flotte, qu'elles devaient non seulement *vivre* dedans, ces saloperies de grenouilles, mais pisser dedans et y laver leurs chaussettes.

Après ça, on a laissé tomber et on s'est mis à la recherche d'une maison où demander à boire, bien qu'en général on se faisait vider comme des malpropres, les gens voulant pas avoir affaire à des morveux de notre espèce.

Jamais vous avez rien vu d'aussi beau que ce couvent qu'on a fini par trouver. Tout en pierre, comme un château, avec une énorme porte cloutée et, quand on sonnait, c'est à peine si on entendait tinter, tellement ça venait de loin.

Avant de sonner, on avait discuté pour savoir qui c'est qui demanderait, et c'est moi qui avais récolté la corvée, vu que j'avais eu le premier l'idée de nous adresser là. Alors, quand la nonne est sortie, les autres m'ont poussé devant, tout intimidé, pendant qu'elle nous regardait d'un drôle de petit air, comme si de voir notre manège lui donnait une folle envie de se marrer.

Bref, je m'avance, les mains derrière le dos, parce qu'elles étaient toutes bleues de jus de mûre. Et maintenant que j'y repense, avec nos bouilles barbouillées de mûres on devait ressembler à un numéro de petits chanteurs nègres.

— S'il vous plaît, je commence, et je m'arrête aussi sec parce que je sais absolument pas comment l'appeler. Je savais qu'aux femmes mariées on disait « Mrs. »[1], qu'aux pas mariées et aux institutrices on disait « Miss », mais ça me paraissait pas coller avec elle de l'appeler « Mrs. » — elle avait l'air beaucoup *trop bien* pour être mariée — ni « Miss » non plus, vu que toutes les femmes, à moins d'être institutrices, elles détestent qu'on les appelle « Miss ». C'est la pire injure, vu qu'elles sont toutes folles d'envie de se marier et d'avoir des gosses. Mais cette nonne, ça se *voyait*, clair comme le jour, qu'elle avait pas d'idioties pareilles en tête,

1. Pour Mistress (Madame).

d'abord elle était si propre et si polie et pas du tout poudrée et peinturlurée comme pour chasser après les hommes. C'était le genre de femme qu'un gosse pouvait admirer, et c'est là que ça m'est revenu. Ces femmes-là, c'étaient des « ladies ». Alors je lui dis :

— S'il vous plaît, « Lady »…

Sur quoi elle se mord la lèvre et me dit très gentiment :

— Appelez-moi simplement « Ma Sœur », mes enfants.

Là, j'en suis resté bleu. Comment appeler une Dame « Ma Sœur », vu qu'une sœur c'est la même chose qu'un frangin et que les durs, dans les films, ils appellent tous leurs gonzesses des sœurs ? D'ailleurs, pour nous, des sœurs, c'était ce qu'y avait de pire. Je me retourne vers les autres et je vois qu'à eux aussi ça fait cet effet-là et qu'ils sont tout aussi terrifiés que moi, alors je laisse tomber les titres et je plonge :

— Est-ce qu'on pourrait avoir un verre d'eau, s'il vous plaît, vu qu'on meurt de soif ?

— Mais entrez donc, elle dit, avec un grand sourire.

Après quoi, elle reste bien cinq minutes à nous tenir la porte et à nous encourager avant qu'on se décide à bouger. On avait une trouille verte d'entrer là-dedans, tellement c'était frais et propre, et nous tout suants et crasseux, mais la sœur, ça semblait pas la gêner de nous voir dans cet état, alors on s'est soigneusement essuyé les pieds sur le paillasson (et rien que *ça*, c'était déjà assez terrible, vu que, le paillasson, il était beaucoup trop propre pour qu'on aille essuyer des godasses pleines de boue dessus). Après quoi, la sœur, elle nous a tous emmenés le long du couloir.

L'énorme salle où elle nous a conduits était tout en bois : le plancher, les murs et même le plafond, et tranquille et fraîche, après le soleil et le vent du dehors.

Les autres devaient être rompus ; sans dire un mot, ils se sont affalés dans les fauteuils, abrutis de sommeil, les yeux à moitié fermés, les pieds à un mètre du sol. On entendait juste le bruit des respirations et du vent qui nous était resté dans les oreilles et, tout d'un coup, une espèce d'envie m'est venue de plus jamais repartir, de rester là, pour toujours, avec cette sœur si gentille et les copains qu'avaient l'air si tranquilles, comme ça, en train de piquer un somme. Des fois, il m'arrive de me demander ce qui a bien pu me pousser à m'en aller.

Là-dessus, la nonne est revenue. Y a d'abord eu un tintement de clés, depuis l'autre bout du couloir, et puis elle est apparue, toute souriante, et elle a collé sur la table un énorme plateau.

— Eh bien, mes enfants, elle fait, en avons-nous de la chance ! Nous étions justement en train de prendre le thé et notre Mère supérieure s'est dit que vous voudriez peut-être vous joindre à nous.

Et, là-dessus, elle nous examine gentiment à la ronde, et nous, on baisse la tête en rougissant jusqu'aux oreilles et on lui dit qu'elle aurait pas dû se donner tout ce mal vu qu'on voulait juste boire un peu d'eau. Mais elle est pas plus tôt sortie que nous voilà tous à dévorer le plateau des yeux. Y en a qui vous offrent le thé et puis qui restent à glander autour de vous de façon qu'on est tout gêné et qu'on manque s'étouffer à chaque bouchée, mais, la nonne, elle s'est tirée tout de suite, comme si elle *savait* qu'on se sentirait plus à l'aise tout seuls.

Et le plus marrant de l'histoire, c'est qu'on a rien salopé et, pourtant, d'une équipe de truands comme nous, on se serait attendu qu'on éclabousse le thé partout, qu'on se flanque de la confiture et des tartines à la tête. Mais dans un endroit pareil, c'était facile comme bonjour de se tenir comme il faut. On était là autour de la table, vachement polis et tout, pendant que George versait le thé et que, moi, je passais les tartines beurrées. Y avait une pile de petites assiettes sur le plateau, jolies, avec des roses dessus, mais on était bien trop intimidés pour oser les salir, sans compter qu'on voulait pas obliger les nonnes à laver tout ça. Alors on tenait chacun sa tartine d'une main et, de l'autre, on mettait la confiture dessus. Ce qui compliquait encore les choses, c'était cette sacrée *cuillère* qu'était dans le pot. Comme les bonnes manières, c'était pas notre fort, on savait pas qu'elle était mise là exprès pour qu'on s'en aille pas tous farfouiller dans le pot avec nos couteaux pleins de microbes. Faut dire que ça facilitait pas le boulot, cet outil, surtout quand on a plongé tous les cinq dans le pot comme un seul homme. Et, bien sûr, ça a mal fini. George en a balancé accidentellement une giclée sur cette belle table si bien astiquée et il a fallu qu'il rampe à quatre pattes dessus pour aller lécher le gâchis, pendant que moi et Joe on déplaçait le plateau et que Francis et Eddie allaient faire le pet à la porte, des fois que la sœur se ramènerait.

Ce qui nous tracassait aussi, c'était le grand pot d'eau bouillante. Tout de suite, on commence à s'engueuler tous, à voix basse, avec des chuchotements féroces, à propos de cette flotte et à quoi elle pourrait bien servir.

— Écoutez donc, je leur souffle, n'importe quel abruti saurait que c'est pour se laver les mains — avant de se servir — chez les gens chic, ils font tous ça.

— Oh ! T'es pas un peu marteau ! me chuchote George, c'est à l'évier qu'on se lave les mains. Ce truc, c'est pour des fois qu'on ferait des saloperies comme de renverser de la confiture sur la table.

— J'ai jamais rien entendu de plus zozo ! lui retourne Joe, qui pouvait être drôlement vexant quand il voulait. Qu'est-ce qu'on a besoin d'un grand machin d'eau chaude rien que pour essuyer une tache de confiture ? Un enfant de trois ans verrait tout de suite que c'est pour laver la vaisselle quand on a fini.

George commence à se fâcher :

— C'est pas zozo du tout ! Qu'est-ce que tu crois qu'elles font, les sœurs, quand c'est *elles* qui répandent de la confiture sur la table ? Qu'elles se déchaussent et se mettent à quatre pattes comme nous pour la lécher ?

— Ouais, renchérit Joe, tu crois que tout le monde est comme toi ? Que les nonnes elles balancent des cuillères poisseuses de confiture dans tous les coins ? T'as affaire à des Dames, ici, ça sait se tenir comme il faut, à table.

Là-dessus, George réplique en se retenant tout juste de pleurer :

— Ben mince, alors ! Jamais de *ma vie* (il avait dix ans à l'époque) j'ai encore balancé de cuillères de confiture nulle part et, à t'entendre, on croirait que j'en flanque dans les cinquante millions en l'air tous les jours de la semaine.

Ça aurait pu se terminer par une bagarre, mais le petit Francis a pris peur, subitement, en nous voyant chuchoter entre nous comme des sauvages et, pour le coup, il s'est mis à pleurer pour de bon, de crainte qu'on nous fiche dehors avant qu'il ait eu le temps de manger sa tartine.

C'est Eddie qu'a été le plus astucieux :

— Si l'eau c'était pour laver des trucs, alors y aurait aussi une cuvette et des serviettes.

C'était pas bête comme raisonnement ; non quoi, c'est vrai, laver des choses dans un *pot*, c'est pas bien pratique. Alors on a regardé partout sous la table voir si, des fois, y aurait rien là-dessous, et finalement on s'est dit que l'eau chaude, ça devait être pour mettre dans la théière, quand le thé devenait trop fort. Mais on en était quand même pas tellement sûrs, ce qui fait qu'on en a mis que la moitié et qu'on a gardé l'autre, des fois que la nonne revienne et demande qu'est-ce qu'on avait fait de l'eau chaude et avec quoi on allait laver la vaisselle, maintenant qu'on l'avait toute bue. En mettant que la moitié du pot dans la théière, ça nous a fait trois tasses de thé à chacun, bien qu'à vrai dire, la dernière, il était tellement faible qu'il devenait tout blanc quand on y avait mis le lait.

Après les tartines beurrées, y avait des petits fours dans des papiers gaufrés — trois chacun —, et moi, qu'étais pourtant le plus ficelle, j'ai eu beau les mesurer tous de l'œil, j'ai pas pu voir la moindre petite différence de taille, ce qui donne à penser que, la nonne, elle devait les avoir choisis avec soin de façon qu'on se bagarre pas pour les plus gros. Elle avait de la jugeote, cette nonne, elle les comprenait bien, les gosses.

Et quand on a eu fini, ça a continué à se passer sans dégâts. On avait décidé que tout morveux et tout crottés qu'on était, avec nos chaussettes trouées, personne pourrait dire qu'on s'était conduits comme des salingues et qu'on savait pas apprécier la gentillesse. Alors chacun de nous a léché son couteau (ils coupaient pas beaucoup) et puis sa cuillère, et aussi les bords de sa tasse pour bien nettoyer tout. Pour le dedans des tasses, c'était plus compliqué parce que avec la langue on arrivait pas jusqu'au fond, et puis le bord vous écorchait la bouche, mais, quand même, on a réussi à racler toutes les feuilles de thé, on les a remises dans le pot et on a fini de nettoyer les tasses avec la queue de la chemise à Francis trempée dans le pot. George voulait qu'on les essuie avec son tire-jus. « Jamais de la vie, a dit

Joe, vu que le mouchoir à George c'était même pas bon à s'essuyer le... », la pire chose qu'on puisse imaginer, et là, ça a fait un effet beaucoup plus terrible encore, tellement même qu'il en a eu honte et qu'il aurait voulu ne pas l'avoir dit. On a fourré toutes les miettes dans nos poches, empilé la vaisselle sur le plateau, après quoi on s'est rassis pour attendre le retour de la sœur. Tout est redevenu silencieux comme avant, à part les cantiques qu'on entendait tout au fond des couloirs, et c'était beau, doux, venant de si loin. Je pouvais pas m'empêcher de penser qu'elles avaient drôlement de la veine, les nonnes, de passer leur vie dans un endroit si merveilleux, à croquer des petits fours toute la journée et à chanter d'aussi jolis cantiques.

Quand on s'est retrouvés dehors, après que la sœur nous a fait des tas de compliments, le soleil nous a paru vingt fois plus brillant qu'avant et on est repartis doucement, sans dire un mot. Eddie a trouvé un nid dans une haie, mais on a fait que regarder les œufs, sans se les jeter à la figure. Ça nous semblait, comme qui dirait, moche de faire ça à la pauvre mère quand elle reviendrait au nid et le trouverait vide. On a laissé les miettes, je dois dire, pour quand les petits oiseaux viendraient au monde. Je me disais qu'ils devaient vachement la sauter, quand ils finissaient par éclore, après des semaines et des semaines passées dans un œuf sans rien à bouffer. C'est drôle, les idées que se font les mômes, des fois.

J'étais donc assis là, perdu dans ces souvenirs et content de repenser à tout ça, quand les premières maisons sont apparues et le train a ralenti. Les deux nonnes ont commencé à s'agiter avec leurs paquets, leurs livres de prières et autres. Tout d'un coup, elles s'affolaient.

— On est à Londres ? piaule la petite fille.

— Oh ! non, non, répond la plus grande des bonnes sœurs, celle qu'a des yeux gentils, nous ne sommes qu'à mi-chemin, mais c'est ici que nous habitons, alors nous devons descendre.

Ça se *voyait* qu'elle n'avait pas la tête à ce qu'elle disait ; elle en oubliait même de sourire. Et c'est là que cette sensation horrible s'est emparée de moi. Jusque-là, j'y avais pas pensé une miette, j'avais complètement oublié ce qu'était *réellement* la vie, perdu que j'étais dans des rêves qui pouvaient pas se réaliser, mais maintenant que j'étais réveillé, je me rendais compte de ce qui allait se passer. Je voulais pas que ça arrive. Je restais là, sans bouger, à fixer des yeux la vitre comme un dingue, affectant de pas voir ce qu'elles faisaient, priant furieusement le Ciel pour que ce soit pas vrai, qu'elles fassent pas ce que je craignais.

N'empêche qu'elles l'ont fait. Le train s'est arrêté dans un concert de claquements de portières et de gens galopant dans le couloir et sur le quai. Rouges comme des pivoines, les deux nonnes restaient plantées face à face sans se dire un mot, comme si chacune savait exactement ce que pensait l'autre, et attendait seulement que l'autre dise « O.K. ». C'est la petite qui a fait « oui » de la tête, alors l'autre a attrapé la poignée de la valise de la gosse dans le filet. On aurait pu allumer une sèche rien qu'en l'appuyant sur sa joue.

— Qu'est-ce que vous faites ? a demandé la petite.

— On te change de compartiment, c'est tout, elles ont répondu en même temps, avec un sourire tellement forcé que c'en était pénible. Tu ne peux pas rester là, toute seule, on va te laisser en compagnie d'une brave dame bien gentille.

En entendant ça, quelque chose a craqué en moi. Elle pouvait pas rester là *toute seule* ! On pouvait pas la laisser seule *avec moi*, voilà ce qu'elle aurait dû dire. C'était donc *ça* qu'elles avaient en tête depuis le début, non pas que j'avais un genre convenable ni rien, mais que, la gosse, elle serait pas en sûreté seule avec moi et qu'il fallait donc la déménager. Et moi qui me figurais que les choses s'étaient arrangées et qu'on pouvait réellement trouver des vraies joies dans l'existence.

Oh ! et puis, qu'elles aillent se faire dorer, toutes autant qu'elles sont, ces pimbêches affamées de sexe ! Si elles sont comme ça, le diable les enfourche, ces tordues qui veulent jamais faire confiance à personne. Je les entends d'ici :

— Oh ! c'est impossible, Sœur Clarisse, vous ne voudriez pas laisser cette enfant seule avec un tel individu !

Après quoi, elles la déménagent et s'en vont, avec l'impression d'être des saintes parce qu'elles ont sauvé la gosse d'une agression, et ensuite elles s'en vont raconter la chose à toutes les autres nonnes et sont décorées par ce vieux Saint-Père le Pape. Dire que durant tout ce temps-là, pendant que moi je les trouvais braves et tout, elles me lorgnaient du coin de l'œil en se disant que j'étais sûrement un salopard et le dernier des cochons, uniquement parce que j'ai des boutons et que je lis des pin-up. Fallait être un peu naïf pour s'attendre à autre chose de la part de ces fanas de la religion. Sont tous pareils, comme cette grosse larve qui m'avait foutu à la porte de l'église... Sont tous comme lui, les vicaires, les bons pères et les bonnes sœurs — même celle qui nous avait offert le thé, probable qu'elle voulait juste nous empaumer et nous faire gober leurs bobards à l'eau bénite. Tout ce qu'elles veulent de vous, c'est vous passer au lavage de cerveau de façon qu'on remplisse leurs troncs et leurs plateaux. Un racket, c'est; du bidon, quelque chose qu'on se dit : tiens, ça mérite peut-être qu'on y aille voir de plus près et, là, on s'aperçoit que tous leurs cantiques et leurs prières, c'est uniquement pour vous appâter et vous amener à l'intérieur et, une fois dedans, on s'aperçoit que c'est pas autre chose qu'une combine à faire des sous pour que les bonnes sœurs et les bons pères puissent se prélasser en sifflant leur thé à longueur de journée.

Alors, vous pensez si je bichais à les voir se bagarrer avec cette énorme valise qui devait être pleine de soldats de plomb ou autre, de la façon qu'elles se démenaient sans même réussir à la bouger d'un pouce. Elles devaient sûrement se dire que j'aurais pu bondir pour leur filer un coup de main. Elles pouvaient courir, après ce qu'elles pensaient de moi depuis deux heures. « Qu'elles se décarcassent, je me disais, la gymnastique leur fera un bien fou, après avoir passé tant d'heures assises sur leurs deux fesses au couvent. Qu'elles apprennent un peu ce que c'est que de travailler pour de bon, une fois dans leur vie. »

Elles s'apprêtaient à monter toutes les deux sur la banquette quand la portière s'ouvre d'un coup sec et qu'une grosse bonne femme d'une quarantaine d'années passe la tête dans le compartiment.

— Oh ! dites-moi, elle fait d'une voix tout beurre et tout miel, y a-t-il une place libre, ici ?

Elles étaient pas à moitié contentes, les nonnes, d'avoir plus à trimbaler cet énorme machin.

— Oui, elles répondent d'une seule voix.

Sur quoi, la bonne femme colle sa petite valise dans le filet et s'installe. Là-dessus, la plus grande des deux lui fait le coup du charme :

— Excusez-nous de vous importuner, elle lui dit avec un grand sourire, hypocrite en diable, mais cela ne vous ennuierait pas de garder un œil sur cette petite fille ? Elle voyage jusqu'à Londres toute seule…

— Mais bien sûr, bien sûr, coupe la vieille taupe. Ça ne me gêne pas le moins du monde.

Mais, à voir ses yeux, on se rendait compte qu'elle y *pensait* même pas, à ce qu'elle disait, comme la plupart des gens qui font des promesses sans la moindre intention de les tenir. La nonne aussi, elle s'en est rendu compte, faut dire, et elle a pas arrêté de la baratiner, lui répétant le nom de la petite, que sa mère l'attendait à la gare et tout ce qui s'ensuit, pendant que, moi, je restais là sans piper en priant comme un dingue pour que le train redémarre sans leur laisser le temps de descendre, de façon qu'elles soient obligées de se taper tout le trajet jusqu'à Londres et retour.

Après m'avoir collé des espions sur les reins, elles se sont mises à serrer la môme dans leurs bras, à l'embrasser et à la cajoler comme des vraies lesbiennes, après quoi elles lui ont fait de grands signes par la fenêtre jusqu'à ce que le train reparte.

J'étais assis, en train de regarder la gosse balancer ses jambes tout en lorgnant du côté de la mère Tas-de-Sable, la nouvelle venue, qui s'était collée dans un coin de la portière et lisait le journal. On voyait bien que, la môme, elle voulait faire ami-ami, qu'elle cherchait à lui tirer l'œil pour que l'autre vienne à côté d'elle lui parler comme l'avaient fait les bonnes sœurs, mais c'était plus pareil. Celle-là, elle voulait rien savoir, ça se voyait d'une lieue. Même le soleil qui éclairait le compartiment paraissait plus le même. Tout gris, tout sec, on aurait dit, et y avait comme une brume qui semblait monter de la poussière et des mégots pour venir éteindre l'ambiance de tout à l'heure, étouffer toute gaieté, toute envie de rire ou de causer. Même les banquettes semblaient rembourrées avec de la poussière et s'apprêter, dès qu'on oserait s'asseoir dessus, à vous la souffler dans la figure, dans le nez, dans la gorge, à vous encrasser les cheveux et à vous saloper votre complet des dimanches.

La rombière, elle était pas difficile à cataloguer, à sa façon de croiser les jambes en montrant toute sa culotte.

« Affamée de sexe. » Quand on a fait comme moi trois ou quatre voyages sur ces palaces flottants, on les reconnaît tout de suite. Elles s'attifent comme des petites filles, se collent des flopées de poudre et de maquillage sur leurs vieilles tronches fripées, leurs vieilles jambes pleines de varices gainées dans des nylons, leurs vieilles panses flasques coincées dans des baleines de corsets d'une taille à étrangler un hippopotame. Leur truc, c'est de faire sans arrêt des allers et retours sur les paquebots qui font l'Atlantique ou la Médit', et de lever les petits gars qui consentent à marcher tant qu'y a un peu de fric à la clé et, croyez-moi, j'en ai encore jamais vu *un seul* qu'ait fait la fine bouche, à part l'autre fana de la religion, mais lui on peut pas le compter, il était *bizarre*. C'est une espèce de racket de call-girls à l'envers. Tout ce qui navigue est au courant — même les officiers — ils sont pas mieux que les hommes, quand l'occasion se présente. D'ailleurs, on les choisit tout exprès sur ces paquebots — genre midship fringants et ondulés qui jettent un jus terrible du haut de la dunette, ou en train de se balader sur le pont promenade avec les passagers. Tout le monde s'en balance qu'ils sachent ou non le piloter, le foutu baquet, du moment qu'ils remplissent leur uniforme de façon à plaire à ces bonnes femmes. Je vous parie bien que c'est ce qu'est arrivé à des bateaux comme le *Titanic*. « Iceberg à bâbord », gueule la vigie, et les barbeaux d'occasion en train de roupiller à la barre sont pas foutus de se rappeler si ça veut dire droite ou gauche, le bout pointu ou le bout rond, et vous rentrent aussi sec trente mille tonnes de paquebot flambant neuf pile dans un bloc de glace de trois kilomètres de haut.

Ils sont vachement sevrés, des fois, les marins, pour ce qui est de la chose, et qu'on crèche à l'arrière ou dans l'entrepont, ça y change rien du tout. D'ailleurs, le pognon est toujours le bienvenu, pour s'acheter des trucs : la gnôle, des complets neufs et même des cadeaux pour la femme ou la petite amie. Un jour, à l'époque où George et moi on naviguait ensemble (ce qui fait déjà pas mal d'années), il avait acheté en Hollande une formidable bague de diamants avec l'argent qu'il s'était fait à coucher avec une vieille peau durant tout le trajet de retour depuis New York. C'était pour la fille avec qui il voulait se marier, à l'entendre. Irène, elle s'appelait, une espèce de grosse dondon qu'arrêtait pas de jacasser, le genre que j'ai jamais pu supporter quoique, d'après George, c'était une drôle d'affaire au page — sur le sofa du living, plutôt — et, quand il se l'envoyait, elle devenait à moitié folle de plaisir, comme toutes les femmes dès qu'elles sentent l'odeur du fric — les garces !

— Oh ! George ! elle lui roucoule. (On voyait que *cette nuit-là* il aurait pas de mal à se la farcir.)

Où t'as trouvé l'argent pour m'acheter un si beau cadeau ?

Mais elle s'est salement vexée, tout de suite après, quand on a failli rouler sous un autobus à force de se marrer. Blague à part, George a *toujours* été d'avis que cette bague était la meilleure affaire qu'il ait jamais faite ; elle lui a pas coûté la énième partie de ce qu'elle lui a rapporté, vu que, quand il a rompu avec Irène, elle lui a encore servi trois fois, jusqu'à ce que la dernière ait préféré la flanquer dans le canal plutôt que d'avoir à la rendre.

George était tellement fou de rage qu'il a failli la balancer, *elle*, à la flotte, après la bague. Quand même, tout bien compté, en divisant le nombre de fois par cinquante livres (ce qu'il avait banqué pour l'avoir) ou le contraire, il a dans l'idée qu'il a eu son picotin pendant cinq ans régulièrement sans se fouler pour un peu plus de deux pennies le coup. C'est d'ailleurs pour ça qu'il a laissé choir la grande bleue, George ; il avait beau être le plus grand tendeur que j'aie jamais connu, pour tenir cette cadence-là fallait qu'il passe un sacré bout de temps à terre chez lui. La dernière fois que je l'ai vu, c'est l'an passé, à une soirée de Noël : il avait dans l'idée de reprendre la mer, histoire de se faire une cinquantaine de livres pour se payer une autre bague — selon lui, sans la bague, ça lui revenait à quelque chose comme une livre par nuit. Ce qu'est à peu près normal si on fait le compte des consommations et autres trucs qu'il faut pour décider la môme. Comme dit George, au fond, la bonne combine, c'est de se fiancer ; à ce moment-là, ça vous coûte des haricots.

La première fois que ça m'est arrivé, je dois dire (d'être embarqué par une de ces vieilles satyres), j'avais d'abord pas compris ce qu'elle manigançait, la vieille bique. Louise, elle s'appelait, celle qu'a fait de moi un prostitué. C'était pendant mon premier voyage en mer, sur un de ces grands paquebots, gloire de la Flotte anglaise, où y avait plus de corruption et de putasserie que sur tout le restant de la Marine britannique mise bout à bout. Comprenez, elle arrêtait pas de me demander des choses. Des boissons, l'heure qu'il était, la vitesse du bateau, le temps qu'il faisait… À elle seule, elle était plus exigeante que les dix-huit cents autres passagers tous ensemble, mais, à cette époque-là, j'étais tellement naïf que je pigeais pas ce qu'elle voulait *au juste*. Elle aurait continué comme ça jusqu'à l'autre bout de l'Atlantique, à m'agiter comme une perdue l'appât sous le nez, et moi qu'étais trop jeunot, ne serait-ce que pour le *voir*, cet appât, même si je manquais trébucher dedans à peu près seize heures par jour. Dès le deuxième jour, pourtant, elle en pouvait plus, alors elle a commencé à me tendre des chausse-trapes.

Ce soir-là, le lendemain de notre départ de Southampton, je circulais du côté des cabines de première à l'affût du bon vieux poursoif des familles, quand Louise passe la tête dehors.

— Stou… eurde ! elle beugle. (Une Amerloque, c'était. Pouvait pas prononcer « Stiou… warde » comme tout le monde.) Stou… eurde ! Venez une seconde m'aider, voulez-vous ? L'air très dégagé, comme si c'était par hasard que je m'amène pile au bon moment, et qu'elle m'ait pas guetté depuis au moins deux heures. « Ma fermeture éclair s'est coincée », elle me dit, plantée là en déshabillé, l'air d'un gros Bibendum rose. (Faut dire qu'on s'étonne plus de les voir en déshabillé ; ces richardes en croisière sont d'un sans-gêne que c'en est pas croyable. Y avait rien qui clochait avec sa fermeture éclair ; elle coulissait comme père et mère.)

— Elle a l'air de marcher très bien, maintenant, madame, je lui dis genre très chichiteux, comme on vous l'apprend à l'école d'apprentissage : « Oui, madame. Non, madame, vous pouvez vous le coller dans le… madame. »

— Oh ! c'est chic, merci, elle fait en me barrant, mine de rien, le chemin de la porte. Versez-nous donc un glass, hein ?

Je voyais d'ici comment elle le gagnait, son fric, celle-là. Pas en trafiquant dans les fourrures avec les Indiens, pouvez être sûrs. Une seconde, l'idée m'est venue de refuser, vu qu'on est pas censé boire avec les passagers, mais j'avais justement envie de m'en jeter un, et puis y avait personne pour nous voir. Je sors donc les verres…

— Madame le prend comment ? Je lui demande, vachement distingué et tout.

Elle me regarde droit dans les yeux et puis la voilà qui commence à se tordre et à se gondoler sur le lit, pendant que je vire au rouge tomate en me rendant compte de ce que je viens de dire.

— Du raide, elle répond en s'étranglant de rire, et… et… (Finalement, elle réussit à le sortir.)… une triple dose.

Si j'étais gêné ? C'est rien de le dire ! Je remplis deux grands verres, la moitié de la bouteille dedans et le reste dans mon soulier.

Là-dessus, elle me fait asseoir mais elle reste debout et commence à arpenter la cabine en pantalon de dentelle, tout en sifflant des lampées de whisky et en tirant comme une dingue sur sa cigarette. L'air d'attendre quelque chose. Au bout d'un petit moment, quand la gnôle a commencé à agir, elle s'est rapprochée, genre amical, m'ébouriffant les cheveux et me disant que j'étais joli garçon, que je devais en avoir, des petites amies… Et qu'avec moi elles devaient pas s'ennuyer une minute.

— Oh ! non, pas du tout, je lui dis, sur quoi elle passe le bras autour de mes épaules.

Elle tremblait quelque chose d'abominable.

— T'es pas timide, avec les filles, au moins ? elle fait en collant son visage tout contre le mien et en me fourrant un de ses roberts dans l'oreille. Allez, raconte-moi comment tu t'y prends avec elles, hein, ce que tu leur fais pour leur plaire, à tes petites amies ?

Avouez que c'était drôlement gênant. Bien sûr que j'avais fait des tas de trucs avec les filles, mais c'est pas des choses à dire à une femme, surtout de son âge, ça reviendrait à tout raconter à sa mère. À tous les gars, ça leur arrive un jour ou l'autre, mais l'idée leur viendrait pas d'aller raconter ça à des bonnes femmes. Merde alors, je connais des douzaines de types qu'en font de toutes les couleurs, mais si leur mère, leur femme ou leur maîtresse venaient à l'apprendre, elles en tomberaient raides mortes… seulement, elles le savent jamais, vu que c'est seulement entre hommes qu'on jure et qu'on dit des grossièretés, tandis qu'avec les femmes on se tient presque toujours correct et poli — comme ce vieux Roderick, à part que, lui, il s'est fait prendre la main dans le sac avec ses craques.

Faut dire qu'elle finissait par m'énerver, à force. Pas parce qu'elle était sexy ni rien ; à ce point de vue-là, elle s'était un peu négligée sur les bords, avec des bourrelets de graisse à la taille et aux cuisses et un derrière assez large pour faire un championnat de deck tennis dessus. Qu'elle a d'ailleurs collé sur mon genou, escamotant du même coup la moitié de ma jambe, wouff ! au point que je me demandais si j'arriverais jamais à la récupérer. En plus de ça, elle me soufflait son haleine rance en pleine figure et je sais pas lequel des deux tremblait le plus, d'elle ou de moi. Mais cette fois-là, elle n'a pas osé aller trop loin, de crainte que je fasse du foin et que je gueule au secours et Dieu sait pourtant, à ses yeux vitreux et à sa lèvre pendante, si on *voyait* ce qu'elle crevait d'envie de faire.

Après m'être échappé, j'alpague Freddie, un ancien qui m'avait pris sous son aile, vu que j'étais novice dans ce boulot.

— Oh ! malheur ! dit Freddie, après avoir entendu l'histoire. Ce que t'as été gourde de ne pas profiter de l'occasion !

— Tu rigoles ? je lui réplique. Je la saute quand même pas au point d'avoir besoin d'une vieille toupie comme elle… elle porte un râtelier, bon Dieu, et elle a l'haleine rance.

— Un râtelier ! s'écrie Freddie. Elle a l'haleine rance… *et après* ! T'as le culot de venir me dire que c'est pour *ça* que t'as pas marché ?

Là, je dois dire que ça m'en a fichu un coup : je m'attendais à des félicitations, pas à une engueulade.

— Écoute donc, mon petit gars, reprend Freddie, une fois calmé. T'es un steward, non ? Tu sers des consommations, la tambouille, tu laves, tu récures, et tout ça pour quoi ? Eh ben, pour de l'argent, du pèze, du blé, de la braise.

Il y tenait, à enfoncer le clou, ce vieux Freddie.

— Bon, il continue, tu lui bottes, à cette vieille toupie, parfait ; dis-toi que t'as un sacré fion, fiston, parce qu'elle est bourrée, la vieille garce, avec les pensions alimentaires que lui versent trois ex-maris, t'es pas son premier, il s'en faut de loin ; elle s'y entend, à ce petit jeu-là, mais pour peu que tu marches, ta fortune est faite. Tu te rends pas compte, petit couillon, qu'en pageant avec elle tu peux te faire dix fois ce que tu te fais dans ce métier en un an.

Et, là-dessus, il ajoute que, lui, s'il avait mon physique, il hésiterait pas une miette, et il me rappelle toutes les choses que je pourrais me payer, briquets en or, complets neufs, chemises de soie, si bien que je finis par trouver ça intéressant. Jusqu'à ce que je me rappelle sa tête.

— C'est impossible, Freddie, elle est répugnante, bon Dieu !

— Le travail aussi, ça te répugne, et pourtant tu le fais, pour ce que ça rapporte. Alors, couche avec elle pour ce que ça rapporte.

— Mais ça m'écœure rien que de la regarder.

— Alors éteins la lumière, colle-lui un oreiller sur la tête. Quand tu tisonnes le feu, tu regardes pas la pendule. Écoute, fils — très paternel, là, son bras passé autour de mes épaules —, je me décarcasse pour toi, reconnais-le. Alors, sérieusement, écoute : ce que tu as de mieux à faire, c'est de te saouler à mort avant, après ça tu ne sauras même plus ce que tu fais, et *elle*, elle s'en fout, du moment que tu le fais.

Et finalement, je l'ai écouté, je me suis saoulé et j'ai éteint la lumière. J'avais dix-sept ans, à l'époque. La Louise en question, elle en avait près de cinquante.

Au début, c'était affreux. Elle y allait comme une vraie furie, des mains, des ongles, de la bouche, en criant, en gémissant et en suant à tel point que les draps étaient tout trempés. Et vers les trois heures du matin, régulièrement, elle vous réveillait parce qu'elle se sentait d'humeur gamine et restait là, vautrée comme une grosse truie, pendant qu'il fallait recommencer à s'escrimer comme un malheureux.

Avec le temps, tout de même, je m'étais habitué, (comme Jimmy l'avait dit à cette espèce de fana de la religion à propos des prostituées, la fois qu'on s'était engueulés) et puis j'arrêtais pas de penser à tout ce que je pourrais me payer à la fin de la traversée. La plupart des gens sont pareils, vous remarquerez ; veulent pas décoller d'un boulot qu'ils détestent à cause de l'oseille ; ils se vendent huit heures par jour pour pouvoir se payer des montres, des bagnoles et autres… et si ça, ça s'appelle pas se prostituer, alors c'est que je comprends rien à rien.

Durant le service, je m'amusais à charrier les autres gars à ce sujet-là.

— Allez ! ils me disaient. Tu me la donnerais en cadeau que j'en voudrais pas, de ta vieille momie, même si elle était en or garanti dix-huit carats.

— La jalousie est un vilain défaut, je leur répondais, et d'ailleurs tu connais le dicton, c'est dans les vieux pots qu'on fait la meilleure soupe ; plus elles sont vieilles, plus elles en veulent, parce qu'elles se disent que c'est peut-être la dernière fois.

De toute façon, ils avaient pas droit à la parole, vu qu'ils tiraient tous tellement la langue qu'ils se le faisaient les uns aux autres, et c'est pas du bidon, en plus. À bord de ce bateau, si on avait le malheur de laisser tomber une livre, elle restait par terre, sans ça si on se baissait pour la ramasser, on était fait comme un rat.

À New York, elle avait tellement chialé, tellement fait d'histoires que je lui avais dit ok, c'est bon, j'irais habiter chez elle. Mais, à terre, c'était plus pareil. Non seulement fallait se la farcir, mais fallait être *vu* en sa compagnie et, moi, je crevais de honte quand je marchais à côté d'elle dans la rue, à l'idée que tout le monde savait que j'étais un gigolo, d'autant qu'elle arrêtait pas de me faire des tas de frais en public pour qu'on voie bien qu'elle me tenait en laisse. Alors je me suis fait payer une jolie petite valise en peau de porc — avec des fermetures en or véritable —, j'ai mis dedans mes complets neufs et mes autres affaires et j'ai regagné le bord juste dix minutes avant le départ.

C'est pour ça que j'ai laissé choir les palaces flottants, en réalité, par peur de retomber sur elle. Je parie qu'à l'heure qu'il est elle continue ses allers et retours en mer, en pleurant toutes les larmes de son corps pour que je lui revienne... Qu'elle aille au diable ! Qu'est-ce qu'elle voulait pour son argent... de l'amour ?

Dans son coin, la bonne femme est toujours en train de montrer les attaches de ses bas, en même temps que des kilomètres de jupon rose. Devraient avoir honte, ces vieilles peaux, bon Dieu, de se trimbaler comme ça en jupe courte, comme si elles allaient faire croire aux gens qu'elles ont que dix-neuf ans. C'est imbécile de s'exhiber quand ce qu'on a à montrer tombe en lambeaux ; c'est comme de chercher à vendre du poisson en criant : « Harengs pas frais, d'avant-hier ! »

Subitement, voilà qu'une autre rombière tout harnachée de perles, de bracelets et de colifichets, colle sa tête à la portière.

— Élisabeth ! elle piaille. Si je m'attendais à te rencontrer ici !

Le journal s'abaisse aussi sec.

— Sybil ! Quelle agréable surprise !

Et les voilà parties à faire tout un plat de la coïncidence en question jusqu'à ce que le journal propose :

— Pourquoi ne viens-tu pas t'installer ici avec moi ?

Colifichets répond que sa valise est dans un autre wagon, à l'autre bout du train, qu'elle vient juste de déjeuner au wagon-restaurant, et pourquoi Élisabeth ne viendrait-elle pas s'installer dans son compartiment, à elle ?

Moi, je continue à faire semblant de lire pendant qu'elle décroche sa petite valise, plie son journal… et s'arrête tout d'un coup pour regarder la gosse, puis sa pote :

— Ah ! c'est vrai, elle fait à voix basse pour que personne d'autre l'entende, j'oubliais… J'ai promis à des nonnes de garder un œil sur cette petite. Elle voyage seule, tu comprends. On l'emmène avec nous ?

Sur ce, l'autre rombière fait une bouille encore plus moche que nature et Dieu sait pourtant qu'elle est pas jojo à regarder, avec sa peau criblée comme une peau d'orange.

— Vraiment, elle murmure d'un ton « gratin » en diable, les gens sont d'un sans-gêne ! Oser vous coller leurs enfants sur le dos. Nous n'allons tout de même pas nous charger de la marmaille des autres.

Et regarde cette valise ! Jamais nous ne pourrions la porter. Non, je t'assure, elle n'a rien à craindre en restant ici, elle sera très bien. Après tout, nous sommes en pays civilisé, il me semble ?

Sa pote soupire et lui fait un bon petit sourire compréhensif, en brave salope qu'elle est :

— Oui, tu as sans doute raison, Sybil, les gens ne devraient pas abuser de la gentillesse et de la bonté des autres en leur infligeant le désagrément d'avoir à s'occuper de leurs enfants. D'ailleurs, elle ajoute avec un large sourire à mon adresse, bien que je fasse semblant de rien voir, elle sera on ne peut plus en sûreté avec ce charmant jeune homme.

Et les voilà qui se trottent dans le couloir en jacassant à tout va, Colifichets reprochant à Tas-de-Sable d'être trop poire et de laisser des bonnes sœurs profiter de sa générosité. Générosité ? On voyait bien que ni l'une ni l'autre elles savaient ce que c'était. De toute façon, je parie bien qu'elles se détestaient. Les bonnes femmes de ce genre-là, c'est couru.

Après leur départ, j'ai continué à lire les magazines ou du moins à essayer, l'espace d'à peu près cinq minutes. C'est que je les voyais plus très bien, les pin-up, à présent ; mes yeux dérivaient sans arrêt vers le haut des pages pour aller se poser sur la petite — la petite *fille* — qui s'était agenouillée sur la banquette pour regarder dehors. Elle semblait pas avoir remarqué le départ des deux rombières et se tenait tout contre la fenêtre, ses mains pressées contre la vitre, agitant ses doigts à la cadence d'un petit air qu'elle se chantonnait à elle-même.

Comme j'étais incapable de me concentrer sur ma lecture, j'ai cherché un moyen d'entamer la conversation. Comment elles avaient fait, les bonnes sœurs, déjà ? Ah ! oui : « Viens donc t'asseoir près de la fenêtre, tu pourras t'amuser à regarder le paysage. » Non. Trop tard, elle y était déjà, à la fenêtre.

Qu'est-ce qu'elle avait demandé aussi, à propos des vaches blanches et des vaches brunes ? La différence qu'y avait entre les deux ? En lui expliquant la chose, ça me ferait peut-être un bon démarrage ? Non, zéro. Comment expliquer un truc à quoi on comprend rien soi-même ?

Bavarder avec elle à propos des nonnes, elle s'était assez entichée d'elles pour que ça rende. Oui, ça devrait marcher. Mais faudrait que je prenne un ton très poseur, sans ça je risquerais de l'effaroucher.

— Ça a dû te faire gros cœur de voir partir tes amies, hein, Julia ?

La petite avait les lèvres collées à la vitre. En m'entendant, elle me regarde de biais, l'air très intimidée.

— Oui, elle répond, d'un minuscule filet de voix, après quoi elle se retourne vers la vitre en s'écartant encore d'un poil de moi.

Oui, eh ben, c'est pas fameux, comme début. Elle a pas l'air de s'intéresser beaucoup à moi, cette espèce de petite morveuse. Probable qu'on a dû lui dire de pas causer avec des gens du peuple ; c'est sûrement ça. Trop rustauds pour leur goût. Les gens de son bord, ils ont le fric, ceux du nôtre, ils sont fauchés. Alors, vous pensez, elle est bien trop collet monté pour vouloir jamais m'adresser la parole. C'est le monde entier qu'est comme ça, divisé en deux, les travailleurs et les parasites. « Eh ben, je me dis à part moi, moi je suis de la classe des travailleurs et j'ai peut-être pas une voix de châtré et tout ce qui s'ensuit, mais je vaux n'importe lequel de ces gommeux, à pied, à cheval et en voiture, et le genre distinction de classes, ça aura pas cours ici, je l'admettrai pas. Mais faut que j'y aille mollo, que j'embraye le charme, sans ça je vais l'effrayer et elle va se sauver avant que j'aie le temps de l'empêcher. Jouons la finesse. »

— Tu sais que, moi, j'ai une sœur qu'est nonne ? (Accent vachement turf et tout.) Et qui fait la classe quelque part à Londres ?

Parlez d'une pilule ! D'abord, j'ai pas de sœur. Et même si j'en avais une, elle serait pas nonne. Jamais. Elle serait mariée à une espèce de poivrot qui rentrerait tous les soirs saoul et qui la poursuivrait dans toute la maison à coups de botte dans le train. Ça ou le turf. En tout cas, pas question qu'elle soit jamais nonne.

Mais de lui avoir dit ça, voilà que la petite se dégèle. Elle se tourne vers moi en souriant, l'air aimable, bien que toujours un peu timide.

— Est-ce une des sœurs de notre couvent de Londres ? elle demande. Sainte-Etheldreda ? (Un nom bizarre dans ce genre-là.)

— Eh bien, euh... (je traîne un peu, histoire de gagner du temps), je serais incapable de me rappeler à quelle école c'est, qu'elle est. Mais dis-moi comment sont les institutrices et je te dirai si c'est l'une d'elles.

— Voyons un peu, commence la petite Julia en se levant et en venant s'appuyer contre mes genoux. Il y a sœur Scolastica, sœur John, sœur Paula…

Je la coupe :

— C'est son nom, Paula ! Comment elle est, sœur Paula ?

— Euh… elle est mince, et gentille, avec des dents qui avancent. (Elle mime un lapin.) C'est elle qui nous emmène faire du hockey.

— Ça m'a tout l'air d'être ça… d'être ma sœur, je veux dire.

Ce que ça peut être pénible de parler avec cet accent chiqué, j'ai l'impression que j'arrive pas à reprendre mon souffle.

— Est-ce qu'elle a une petite marque, là, sur la joue ?

Je touche son visage. Ma main tremble quelque chose d'affreux.

Elle lève les yeux vers moi, les ferme à moitié pour chercher à se rappeler.

— J'avoue que je ne me souviens pas. Je ne l'ai jamais regardée vraim…

Mais j'écoute plus. D'ailleurs, je l'entends plus très bien. Sa voix m'emplit les oreilles et en même temps elle semble venir de très loin, comme ouatée, au point qu'on arrive pas à comprendre les mots. Bla-bla-bla… des inepties, tout ça. Le martèlement des roues sur les rails devient infernal et, dehors, le vent hurle comme un dément contre les carreaux.

Des pensées m'envahissent le crâne comme un raz de marée. Des pensées effrayantes.

« Non, je me dis, non ! Pas *elle* ! Plus grandes, oui, mais celle-ci est trop jeune. »

Les pensées continuent leur cavalcade dans ma tête.

« Arrête ! je me dis. *Arrête !* » Mais ça devient de pire en pire.

Dehors, ça défile à toute allure, mais sans plus de fracas, dans une sorte de silence, même, comme dans les rêves, et maintenant on entend plus que le chahut que font les pensées avec les battements furieux de mon cœur.

Après, je me suis simplement adossé à la banquette, dégoûté. C'est toujours pareil. On se sent emporté par une sensation si formidable qu'on s'imagine qu'il va se passer des choses merveilleuses, et puis, une fois fini, il ne reste que la nausée ; une vague noire, horrible de dégoût de soi-même, une impression sinistre de fin de tout. C'est ça que je ressentais, pendant que j'étais assis là, en train d'essuyer machinalement la salive qui tachait le devant de mon complet ; et j'avais beau être malade d'écœurement, je pouvais pas m'empêcher de penser que, chaque fois, c'est toujours mon costume propre qui trinque. Et, tout en tapotant avec ma pochette, j'arrêtais pas de me demander à quoi ça m'avançait — pourquoi j'étais pas fichu de me retenir avant qu'il soit trop tard ? Mais même moi, au fond, je le savais, pourquoi. Je *pouvais pas* m'arrêter. Les choses étaient allées trop loin, pas seulement hier soir, mais des années et des années de grossièretés, de bouquins orduriers, de pensées ordurières et de femmes dégueulasses. On finit tout bonnement par plus pouvoir s'arrêter quand il est encore temps, par plus pouvoir s'empêcher de sauter sur l'occasion chaque fois qu'elle se présente. C'est, comme disait Budgie, comme les muscles, plus on s'en sert et plus ça forcit. Et puis un beau jour on se réveille et on s'aperçoit qu'on en est plus maître.

Je me retourne pour jeter un coup d'œil sur la môme, étalée sur la banquette telle que je l'ai laissée, et je suis pris d'un trac terrible parce que, dès qu'elle va se mettre à renauder, je serai fait comme un rat, et, le viol, ça va chercher au moins dans les cinq piges. D'abord, c'est de sa faute, elle avait qu'à pas m'exciter comme ça, à me faire de l'œil. Les femmes, c'est toujours le même cinéma, ça cavale en montrant ses cuisses et, après, ça fait des histoires quand elles ont eu ce qu'elles cherchaient. Tout d'un coup, l'idée me vient justement de leur dire ça, une fois dans le box des accusés, que c'était de sa faute, à *elle*, comme ils font tous quand ils passent en jugement, mais ça tient pas debout. Personne croira jamais qu'un petit bout de chou comme elle ait pu débaucher un homme fait. Si seulement elle avait été un peu plus vieille — ne serait-ce que dans les douze ans — j'aurais pu m'en sortir avec ce genre de craque, mais là, c'est la perpète qui m'attend.

La tête dans les mains, je cherche en grognant de désespoir ce que je vais bien pouvoir faire, ce que je vais bien pouvoir leur dire quand les flics vont foncer dans le compartiment. Je les vois d'ici, avec leurs grosses têtes hargneuses sous le casque, l'air dégoûté qu'ils vont prendre en me regardant, comme si j'étais unique dans mon genre et qu'ils aient jamais eux-mêmes goûté au sexe défendu ; et je vois à leurs yeux qui se dérobent tout ce qu'ils projettent de me faire quand je serai en sûreté entre quatre murs. Deux par deux, ils vont se relayer pour venir me tabasser à coups de pied. Tout le commissariat voudra en être, ils viendront de kilomètres à la ronde pour s'en payer une tranche, à coups de matraque, de botte, de poing, de crâne, de casse-tête, toute la séquelle — et, quand je serai dans le box, ils viendront témoigner la main sur la Bible «… jure devant Dieu de dire la vérité, toute la vérité, et rien que la vérité ».

«Le prisonnier a piqué une crise de rage ; au cours de la lutte, il a dégringolé l'escalier qui mène aux cellules et, dans sa chute, il s'est fait de multiples contusions qui ont nécessité un traitement médical… » Leurs sacrés commissariats, je vous jure que ça doit être bâti comme la maison de Frégoli, avec des ribambelles d'escaliers qui montent et qui descendent dans tous les coins, et des prisonniers qu'arrêtent pas de se casser la gueule dedans, à toute heure du jour et de la nuit. Y a des mecs qu'ont pas trébuché une *seule fois* dans leur existence, mais ils sont pas plus tôt entrés dans un quart qu'il leur pousse deux pieds gauches et qu'ils se cassent la moitié des os de leur squelette.

Je me vois là, dans le box, les trois quarts de mes dents en moins, *deux* coquards, couvert de bleus, de contusions et d'entailles, les flics en train de mentir à tout va, le juge sachant parfaitement qu'ils mentent, le jury aussi et toute la salle avec, mais cette fois-ci ils trouvent ça très bien, regrettant seulement de pas pouvoir *eux aussi* m'en filer un bon coup. Pas de pitié à attendre, après avoir fait une chose pareille. Violez une femme adulte et tout le monde dira qu'elle l'a cherché, assassinez quelqu'un, même, et les gens cavaleront avec des pétitions demandant votre grâce. Mais ici, personne ne lèverait le petit doigt pour me sauver, et je sais pourquoi, parce que, quand je me dresserais devant toute cette foule venue là pour chercher le petit frisson et pour entendre des cochonneries, je pourrais leur dire à chacun d'eux sans risquer de me tromper :

« Savez-vous pourquoi vous allez me mettre à l'ombre ? C'est parce que vous êtes tous aussi crapules que moi, sinon pires, vu que ce que j'ai fait, vous auriez très bien pu le faire vous-mêmes si vous vous étiez trouvés à ma place, seulement *vous*, vous êtes beaucoup trop hypocrites pour le reconnaître. Pour admettre que vous êtes tous pareils à moi, tous à l'affût de votre picotin, prêts à vous jeter sur la première occasion qui se présentera. »

Je m'arrête un instant pour les laisser digérer ça, alors ils commencent à piailler, l'air choqué, et à brailler : « C'est une honte », au point que je suis forcé de crier pour me faire entendre.

« Vous vous dites que je me trompe du tout au tout, pas vrai, que je déraille ? » Tout de suite, je les vois se décontracter, l'air soulagé. « Ouais, ouais, c'est ça, il est marteau, on a rien à nous reprocher, *nous autres*. — Bon, je réponds, mais laissez-moi simplement vous poser une question. Vous, là-bas, les femmes. Combien d'entre vous seraient prêtes à me laisser seul avec vos filles ? » Elles prennent toutes l'air horrifié. « Pas une, avouez-le. Pas une seule. Et pourquoi ? Parce que je suis un ignoble salaud, pas vrai, parce que, pour vous, je suis répugnant et pas normal ? — Oui, oui, ils font tous en approuvant de la tête. Il est anormal. — Bon, très bien, je suis un réprouvé, un maudit, alors je ne compte plus. Mais demandez-vous à vous-mêmes une chose. Allez-y, n'ayez pas peur, posez-vous la question : combien d'entre vous continueraient à confier leurs filles — des filles de *n'importe* quel âge, attention — à *n'importe lequel* des hommes qui sont ici, dans cette salle de tribunal, y compris ce vieux birbe de curieux en personne ? » Sur quoi il pique un fard en même temps que tous les autres, vu qu'y a toutes chances pour que, du haut de son trône, il ait pas arrêté de déshabiller tout ce qu'est pas trop blèche dans la salle. « Combien d'entre vous oseraient se fier à eux, en sachant que, quoi qu'ils puissent faire, ça se saurait jamais ? Allons, soyez franches, si vous en êtes capables, et celles qui accepteraient, qu'elles lèvent la main... » Je vois pas une seule main bouger.

« J'en étais sûr, j'en étais *sûr*, je vous dis, pas une seule ! Aucune de vous ne ferait confiance à *aucun* homme, certaines même pas *au père*. Et je sais pourquoi et vous aussi, seulement ça vous gêne de l'admettre, sauf tout au fond de vous-mêmes — que tous les hommes sont pareils, aristos ou clochards, pauvres ou riches, classes dirigeantes ou basses classes, tout homme qui foule cette terre de ses pieds, il est à l'affût d'une seule chose et, pour l'avoir, il sautera sur n'importe quelle créature du genre femelle âgée de six à soixante ans. — C'est pas *moi* qui suis jugé ici, c'est *nous tous*. Toi y compris, je crie au faux jeton qui tâche de prendre l'air horrifié en voyant sa pauvre âme immaculée mêlée aux autres. Je suis pas seul ici ; j'écope tout simplement pour tous les hypocrites que vous êtes et jamais vous me laisserez sortir de taule parce que, en m'envoyant au supplice, vous espérez du même coup châtier vos propres saloperies, laver vos misérables consciences dans *mon* sang. »

Et brusquement j'éclate, d'une voix entrecoupée de sanglots : « Et d'abord, pourquoi on me juge ? Parce que j'ai fait quelque chose de mal, ou bien parce que j'ai pas pu m'en empêcher ? Et si j'ai pas pu m'en empêcher, vous êtes-vous jamais demandé *à qui* la faute ? Oh ! je sais, je sais, vous avez la réponse toute prête : à *moi*, je suis assez grand et assez moche pour être responsable de ce que je fais et que, si je l'ai fait, c'est que je suis un ignoble salaud. » Et tous d'opiner de la tête : « Là, vous voyez, il vient de l'avouer. Il est qu'un ignoble salaud. Rien à voir avec les braves, honnêtes, convenables salauds que nous sommes, nous autres, bons pères de famille aimant les enfants et tout… » Quand, brusquement, je me mets à beugler et je les fais tous sauter sur place d'au moins six pieds.

« Vous croyez que j'avais pas envie de bien me conduire, moi, autrefois ? Envie de laisser tomber tout ça ? Me croirez-vous si je vous dis que j'allais *prier* tous les jours à l'église, au point que je serais peut-être un ange de vertu à l'heure qu'il est, si une espèce de vieux tordu m'avait pas foutu dehors parce que j'étais pas assez briqué et savonné pour son goût ! Eh oui, c'est comme ça : foutu dehors de la maison du Seigneur, alors que j'aurais pu grandir de façon toute différente si j'étais resté là-bas. »

Les larmes coulaient pour de bon, à présent, et j'étais secoué par de gros sanglots d'enfant, et plus je pleurais, plus j'avais l'impression que quelque chose s'adoucissait en moi. L'impression que c'était ça, le vrai moi, et que c'est seulement quand il serait remis à neuf, purifié, briqué, que je pourrais espérer retrouver la joie de vivre. Je réalise ce que je dois faire. Suffit de vouloir. Il est jamais trop tard. Je redeviendrai le brave gosse que j'étais, y a des années : je calmerai la petite, j'arrêterai ses larmes en lui demandant pardon et en étant gentil avec elle. L'affaire de quelques heures, elle oublierait, et puis ça l'aurait pas gravement touchée — moins que moi, vu qu'elle est trop jeune pour savoir de quoi il retourne au juste. Je ferai des choses pour me racheter, donner tout mon argent et mes affaires aux petits orphelins et aux petits aveugles. Je laisserai tomber la mer, les copains de bord et leurs grossièretés, la gnôle et les putes, je me dégotterai un boulot quelque part dans un de leurs couvents, à bêcher le jardin pour vraiment réapprendre à vivre décemment.

Sur le coup, j'étais emballé à cette idée. Je me suis redressé et je me suis essuyé la figure. Il faisait beau et clair, maintenant ; le soleil brillait sur les bois et les champs, dehors, et ça faisait des années et des années que je m'étais pas senti aussi bien, libre et heureux comme sont les gosses tous les jours de leur existence, avant qu'ils grandissent et soient pervertis par toute l'ordure qui les entoure.

Sans blague, j'étais vraiment impatient de m'y mettre : lui demander pardon et la bercer dans mes bras pour arrêter ses larmes. Elle aura tout oublié dans dix minutes, je me disais, et alors je la prendrai sur mes genoux, tout contre la vitre, et on rigolera et on se racontera des histoires comme elle faisait avec les bonnes sœurs. Et quand sa mère viendra la prendre à la gare, elle nous trouvera tous les deux contents et gais comme des pinsons, alors elles m'inviteront à prendre le thé, comme ça j'aurai autre part où aller que dans les pubs et la petite Julia avec qui causer au lieu de ces cochons de matafs. Et chaque fois que je rentrerai de croisière, je lui apporterai un cadeau — des kimonos de soie du Japon, des boomerangs et d'autres trucs d'Australie, des poupées de Malaisie…

Elle est là, couchée, la tête dans les bras, face à la cloison, avec sa grande couverture de voyage qui lui descend au milieu du dos et le ruban vert sur son manteau bleu qui fait comme un nénuphar au milieu d'un étang. Et je reste assis un moment à la regarder, en m'étonnant d'avoir pas remarqué comme elle est jolie, allongée sur la banquette, tranquille et comme endormie. Fallait vraiment que j'aie l'esprit mal tourné pour avoir pu penser une seconde que la nonne était gousse, à la façon qu'elle l'embrassait. Tout le monde aurait envie d'en faire autant, à la voir en train de dormir, l'air si fragile. À moi-même, l'envie me vient de me pencher et de l'embrasser, ou de lui caresser les cheveux. Rien à voir avec le sexe, c'est seulement comme quand on est môme et que l'envie vous prend d'embrasser une fleur ou le chat, ou un arbre même, simplement parce que c'est gentil et tout naturel et qu'on sent qu'on l'*aime*, cette chose. Mais suffirait que je veuille l'expliquer aux copains, tout de suite, qu'est-ce que j'entendrais comme vannes : « Quand es-tu libre, chéri ? » ou « Combien tu prends de l'heure ? ».

Bref, c'est ça que je ressentais pendant que j'étais assis là, près de la petite fille. Alors je lui prends sa menotte, toute dorée d'avoir joué au soleil, et les doigts recroquevillés au creux de la paume, exactement pareils à quatre petits gosses couchés ensemble dans un lit, les ongles blancs comme des visages sur l'oreiller. Quand même, y a quelque chose qui me tracasse. C'est bizarre qu'elle se soit endormie, on s'attendrait plutôt à la voir ramassée sur elle-même, en train de sangloter comme une perdue.

— Julia, j'appelle en tâchant d'adoucir ma voix pour pas l'effaroucher. Julia ! (Je serre sa petite main. Elle bronche pas. Elle fait le mort, je me dis, pour pas me laisser voir qu'elle est réveillée. Bon Dieu ! Ce que je peux avoir honte, d'avoir effrayé une si mignonne petite chose.) Julia, je lui chuchote, aie pas peur, je te ferai pas de mal.

Et, en même temps, j'avance la main et je tourne sa tête vers moi.

Grands dieux ! La figure est effroyable à voir. Violette et enflée, la langue pendante, toute noire, et les yeux tellement sortis qu'on s'attend à ce qu'ils tombent hors des trous. C'est la pire chose que j'aie vue de ma vie. Démente, effroyable, comme un hurlement qui n'en finirait pas.

Affolé, à présent, je cherche comme un dingue ce que je pourrais faire. Je l'attrape par les épaules et je la secoue si fort que sa tête rebondit et que son plaid s'agite sur la banquette comme si l'était vivant et qu'il ait une peur épouvantable de moi. Elle est si légère et ses épaules sont si minces que mes mains se rejoignent dans son dos. Vaguement, comme dans un brouillard, je me rappelle la salive qui tachait mon costume. C'est donc ça que je faisais, je l'étouffais, je lui écrasais la figure de tout mon poids, de toute ma malfaisance, l'empêchant de respirer, l'empêchant de crier, de se débattre, de pleurer, de faire autre chose que d'étouffer dans des souffrances inimaginables jusqu'à ce que vienne la mort.

Cette idée me rend fou. Fou de chagrin. Je la secoue et je la secoue, en cherchant à me rappeler ce qu'on fait pour ramener quelqu'un à la vie, pour lui rendre le souffle. Mais je sais pas, je sais rien d'utile dans ce genre-là, rien d'autre que des trucs dégueulasses, des idioties comme me saouler la gueule, sortir des points noirs, amener une poule à dire oui quand elle en a pas vraiment envie. Si seulement quelqu'un était resté avec nous. Si seulement ces deux nonnes, au lieu de se fier à l'autre rombière, étaient revenues veiller sur la petite, quand bien même ça leur aurait fait faire un détour de trois cents kilomètres. Elles l'auraient fait volontiers, j'en suis sûr. Si seulement quelqu'un avait pu passer dans le couloir et regarder par le carreau, alors j'écoperais que de la prison et la petite serait encore en vie. Pourquoi faut-il que tout ait été désert, juste au moment où la petite Julia aurait encore pu être ranimée ? Mais y avait personne dans les parages. Tous bien trop occupés d'eux-mêmes, à s'en mettre plein la lampe, à lire des journaux idiots, à débiner leurs amis et leurs voisins — pas un seul qu'aurait donné cinq minutes de son temps pour sauver une fillette de la mort.

Ce qui me reste à faire, maintenant, c'est courir chercher quelqu'un, un contrôleur ou autre, qui vienne à son secours, qui sache pratiquer la respiration artificielle pour lui rendre le souffle. Mais quand ils viendront, qu'est-ce que je pourrai bien leur dire ? Qu'elle a été prise d'un genre de convulsions et qu'elle a tourné de l'œil sans que j'aie rien pu faire pour elle ? Non, ça tient pas — ils auraient pas plus tôt jeté un œil sur le corps qu'ils se douteraient de quoi il retourne et que je me balancerais au bout d'une corde sans même avoir eu le temps de faire ouf. Et d'abord, à quoi bon appeler quelqu'un ? Même s'il était pas trop tard pour la sauver, la petite Julia — et y a neuf chances sur dix pour que ça le soit —, ce qui les intéresserait, ce serait *pas* de la sauver, mais de me démolir le portrait à coups de pied en se donnant la bonne excuse que deux maux égalent un bien, pourvu que ce soit eux qui me filent le deuxième, autrement dit la méchante dérouillée en question.

J'entends un bruit de pas dans le couloir et une terreur subite s'empare de moi. Fallait que je sois complètement marteau, dingue à enfermer, pour avoir pu faire tout ça alors que n'importe qui pouvait s'amener et me voir ! C'est qu'à présent il s'agit plus seulement de viol, c'est un meurtre, la corde, *la mort*. Inutile de me casser la tête pour cette histoire, maintenant — c'est fini, liquidé. Plus moyen d'y changer rien. Le mieux que j'aie à faire c'est de limiter le plus possible les dégâts. Enfin c'est vrai, non ? À quoi ça rime qu'on soit deux à souffrir, alors qu'avec un peu de veine je pourrais encore m'en sortir sans dommage ?

Avant que les pas arrivent devant la porte du compartiment, j'ai assis la petite dans un coin, la figure cachée contre ma poitrine, un bras autour de ses épaules comme pour la bercer, la protéger. Passe un vieux schnoque en train de chercher les vécés et qui s'accroche à la barre à cause du roulis du train. Il jette même pas un coup d'œil dans le compartiment. Heureusement que c'est pas un jeunot un peu vif et dégourdi, il me serait tombé dessus avant que j'aie eu le temps de faire le ménage de façon qu'on puisse rien soupçonner.

Tout est redevenu tranquille. J'ai le feu vert. D'un bond, je cours à la porte et je baisse les stores en m'assurant qu'ils sont bien fixés pour éviter les surprises. Le train, en passant sur une section de voie en mauvais état, fait une embardée. Je me cogne contre la porte, la petite dégringole sur le plancher et je parie que le vieux birbe, là-bas aux vaters, doit être coincé dans la lunette. À toute vitesse, je remets le corps sur la banquette et je lui ferme les paupières pour plus voir ce regard terrifiant de film d'épouvante. Mais faut que je l'oublie, comme faut que j'oublie de faire du sentiment ou de me laisser attendrir, vu qu'à partir de maintenant, si je veux sauver ma peau, faut que je sois impitoyable, calme et lucide, et que j'évite les pépins. Calme, je le suis déjà, et froid comme de la glace. D'abord, escamoter le corps ou, en tout cas, le cacher aux yeux de ceux qui pourraient venir fouiner dans le coin. Une fois la chose faite, je pourrai respirer, plus de danger, plus de tribunaux, plus de nœud coulant.

Qu'est-ce qui arriverait si j'allais tout bonnement me planquer à l'autre bout du train? «Fais pas l'imbécile, bon sang! Quelqu'un finira forcément par venir, verra *ça*, après quoi les deux vieilles poules seront là pour te dénoncer.» Y a une chose qu'arrête pas de me trotter par la tête, cette histoire de petite fille agressée dans un train et retrouvée ensuite coupée en morceaux dans les toilettes. Non, ce serait pas possible, les toilettes sont à l'autre bout du wagon et jamais on arriverait à trimbaler un cadavre jusque-là au milieu de tout ce monde — si abrutis soient-ils — sans se faire repérer.

La coller dans sa valise, elle est assez grande pour. Pas question non plus, faudrait déménager ses affaires et les éparpiller aux quatre coins du compartiment, ce qui amènerait forcément quelqu'un à flairer du louche.

La balancer par la fenêtre, alors ? « T'es pas un peu sonné ? Quelqu'un la repérerait tout de suite et tirerait le signal d'alarme. D'ailleurs, elle passerait pas, les vitres sont mille fois trop petites. »

La découper ici, sur place, alors ? Oh ! ça, je pourrais jamais, bon Dieu ! Je risquerais de flanquer du sang partout.

La pousser sous la banquette ? Je me baisse pour regarder. L'espace est suffisant, assez long et profond pour dissimuler un si petit corps aux yeux de quelqu'un qui ferait que jeter un coup d'œil. Faut dire qu'on y voit rien, là-dessous ; c'est sombre, plein de poussière, de mégots, de bouts de papier sales, de pelures d'orange — des rognures de toutes sortes. Je la pousse du mieux que je peux avec mes seuls bras, mais ça en laisse encore trop dépasser. Les socquettes blanches, surtout, font des taches trop visibles mais, après que je les ai salies avec de la poussière, ça peut aller. Et puis il me vient une idée : j'étale le journal par terre, je m'assois dessus et, en m'arc-boutant, je la rentre de force avec mes pieds. Elle a la figure contre la cloison, maintenant. Le bout de couverture qui se voit encore un peu, je le rentre sous sa jaquette. Après ça, je me redresse et j'inspecte le boulot, d'abord en arpentant le compartiment, et puis en m'asseyant à deux ou trois places différentes. C'est parfait, on peut rien voir. Je brosse mes genoux pleins de poussière. Y a pas une demi-heure, je serais devenu fou de rage et j'aurais passé dix minutes à me nettoyer, mais maintenant c'est sans importance que cette connerie de costume soit sale ou propre, tout ce qui compte c'est d'éviter la corde.

À présent, y a plus qu'à attendre que le train entre en gare et, une fois là, descendre à toute barre, cavaler le long du quai et adieu. Je reprends le journal pour un bout de lecture : *Un inconnu dans ma chambre, déclare Janie, treize ans... Son directeur lui proposait de la ramener chez elle en voiture... Mère de quatre enfants s'enfuit avec le médecin de famille... Père dénaturé avec sa fille de seize ans...* mais c'est plus les détails que je cherche maintenant, comme avant pour m'exciter, ce qui m'intéresse c'est la fin, les quelques lignes où ça dit ce qu'ils ont récolté... *Sept ans d'emprisonnement... cinq ans de travaux forcés plus trois ans pour outrage à magistrat, les deux peines confondues.*

Dans cette affaire, la chose la plus importante, c'est de se débarrasser du corps. Après tout, du point de vue de la loi, pas de cadavre, pas de meurtre.

Bon, mais j'ai déjà fait le tour de la question et, en ce qui concerne celui-ci, de cadavre, pas moyen de le liquider, alors quoi faire ? Facile pour quelqu'un qu'arrête pas de lire ces trucs sur le crime et le sexe. D'abord, supprimer toute trace d'identification. Sa valise est là-haut, dans le filet. C'est tout juste si j'attrape pas une hernie étranglée à la descendre ; pas étonnant si, les bonnes sœurs, elles arrivaient même pas à la bouger. Les fermetures se déclenchent pour ainsi dire toutes seules. « Pas sérieux, je pense à part moi. Très imprudent de pas la fermer à clé. Faut dire que tantine Joan, elle devait être drôlement pressée de mettre la gosse hors de portée de son mari. Pour moi c'est une veine : ça m'évite de farfouiller dans ses poches après la clé. Sur le dessus, y a tout ce qu'on s'attend à trouver comme babioles d'une gosse de sept ans : livres d'images, jouets, coquillages ; et, en dessous, c'est presque tout des vêtements. La première chose que je prends, c'est un ours en peluche à semelles de crêpe et, sur le crêpe, c'est marqué : « Julia Weyman » à l'encre indélébile. C'est donc *ça*, son autre nom : Weyman. On se serait bien douté que ce serait pas Higgins ou Jones, avec des parents aussi galetteux. Je descends ma propre valise, j'en sors une lame de rasoir et je découpe un bout de la semelle de l'ours que je dépose dans le cendrier. J'y mettrai le feu quand j'en aurai un petit tas. Après ça, vient un livre avec un moulin à vent sur la couverture et une petite bonne femme en coiffe blanche et en sabots qu'en sort avec un seau pour aller au puits tirer de l'eau. Le carton est glacé et le bout de mes doigts colle un peu : les empreintes, j'avais pas pensé à ça. Ça peut vous envoyer à la potence, les empreintes. Et puis ça me revient et mon cœur cesse de battre la chamade : j'ai pas de casier judiciaire, autrement dit ça permettra pas de m'identifier. D'ailleurs, est-ce qu'y en a pas des millions, d'empreintes digitales, dans le train ? Et je parie bien que si les flics s'avisaient d'en passer une quelconque à la loupe, et d'enquêter sur son propriétaire, ils découvriraient que *tous* ont des trucs à se reprocher, avoir commis l'adultère ou fraudé le fisc... Pas un seul s'en sortirait blanc. À part les petits mômes, je veux dire, et peut-être aussi les deux nonnes. »

Dedans, c'est marqué : *À notre Julia chérie, pour un très heureux anniversaire. Avec mille affectueux baisers de Mamie et de Papy.* Ça doit dater d'avant que son père a quitté la maison et que sa mère a commencé à fricoter avec son minable. Y a aussi un autre livre, rouge vif, avec dessus une statue et un petit oiseau voletant autour de la tête du bonhomme. Celui-là aussi vient de son père et de sa mère — m'a tout l'air d'être pour le même anniversaire, en plus. Je me demande comment ils lui seraient arrivés, ses cadeaux pour l'année prochaine, si elle avait vécu. Un paquet de « Mamie et Charles », un autre de « Papy et Sybil », et dans quelques années, ç'aurait été « Mamie et Roger... Papy et Élisabeth », et après : « Mamie et Gerald... Papy et Margaret ». Et c'est *moi* qui suis censé être bestial.

Y a aussi une poupée, pas du genre porcelaine avec des yeux qui s'ouvrent et se ferment, mais un truc plat et mou, plus agréable à dorloter dans le lit. Je me représente le joli tableau que ça fait, tous ces mômes grimpant dans leur lit, toutes les petites têtes qui émergent des draps avec une ribambelle d'ours en peluche et de poupées de chiffon éparpillées sur la couverture. Les psychiatres, ils vous diront que tout ça c'est un truc sexuel, les mômes qui couchent avec leurs poupées ; ça veut dire en fait qu'elles voudraient avoir un homme à côté d'elles. Ces salauds-là sont tellement mordus de la chose qu'ils tiennent absolument à coller du sexe partout, même jusque dans la vie de petits mômes qui sont pas assez bêtes pour se soucier de ces saloperies-là. Je vous jure bien que, si j'en avais l'occasion, je les étranglerais avec leurs propres suspensoirs, tous ces professeurs, pas seulement parce que c'est des chauds de la pince, mais parce qu'ils sont sournois et hypocrites là-dessus, parce qu'ils mènent tout le monde en balançoire en leur disant que c'est pas sain de se retenir… et total, voilà ce qui arrive à des types comme moi. Mais allez pas vous imaginer qu'on les fera passer en jugement, ces charlatans ! Jamais ! C'est des pauvres cloches d'ignorants comme moi qu'on envoie se balancer au bout d'une corde, pendant que les fouille-choux [1] on les laisse libres d'aller pervertir le pauvre monde en récoltant

1. Fouille-chou : réducteur de tête (psychanalyse).

jusqu'à des dix mille livres par an pour, et même des médailles par-dessus le marché.

Pendant que j'y suis, je découpe aussi le pied de la poupée, et elle reste étalée là, une jambe crachant une espèce de duvet et ses grands yeux ronds qui me fixent d'un air épouvanté, exactement comme *elle*, y a pas une minute. Ça m'en fiche une secousse. Je la remets sur le nez et je reviens au reste des affaires, mais cette sacrée poupée me reste collée dans le coin de l'œil, étalée juste comme *elle*, aplatie, les yeux affolés. Avec un juron, j'attrape ce maudit truc et je le flanque sous la banquette, sur la gosse. Après quoi, je retourne à la valise, mais j'ai une telle tremblote que j'ai qu'une envie : m'asseoir et rester sans rien faire, pendant des heures.

Ensuite, je tombe sur un collant de danse marron, celui qu'elle avait été si contente de causer aux deux nonnes, et, à la ceinture, je trouve une petite marque à linge en lettres rouges : « Julia Weyman », parce que, dans ces écoles chic où les gosses sont en pension et couchent, faut que tout soit marqué, qu'y ait pas de pagaille. Du moins, c'est ce que m'avait dit un jour l'autre Arabe, là, Evans. La lame de rasoir fait une entaille terrible dans le tissu, mais tant pis, elle les portera plus. Y a des socquettes aussi, des petites blanches comme la paire qu'elle portait, chacune avec une marque en dedans, des maillots, blouses, culottes et autres, tout ça soigneusement plié et rangé. Je taille là-dedans, j'arrache les marques et j'empile le reste sur la banquette. Ça s'entasse sur l'ours en peluche. Reste plus à découvert que sa tête, maintenant. On dirait qu'il me regarde de ses petits yeux noirs, et j'ai l'impression de l'entendre crier : « Au secours » pendant que le linge et les affaires grimpent doucement sur lui pour l'étouffer. Je lui balance l'article suivant, une culotte bleue, pour finir de lui recouvrir la tête.

Dans le fond de la valise, y a un manteau bleu tout neuf, les manches croisées sur la poitrine. Entre les manches, et presque comme si elles le tenaient, je vois un beau petit livre de prières, tout blanc, dans une matière genre nacre, et avec une image de Jésus sur la couverture. Il est presque tout pareil à celui du couvent, rouge comme si l'était en flammes, et il est là qui tend son cœur et qui vous regarde avec ses yeux bruns si pleins de bonté. Dedans y a écrit : *Julia, ma chérie, sois une brave et gentille petite fille, veux-tu, et surtout amuse-toi bien. Je prierai pour toi chaque jour. Ta tantine qui t'aime. Joan.* Et dessous, il y a un tas de petites croix qui sont autant de baisers.

En lisant ça, je ressens une douleur atroce dans la poitrine, comme si on m'écrasait les boyaux. Je voudrais crier, hurler, me cogner la tête contre les murs, mais c'est impossible. Si je veux rester en vie, faut que je garde mon calme. Elle est morte, pas vrai ? Personne peut plus rien pour elle, et si elle est morte étouffée, c'est pas de ma faute, c'est un accident. Fallait bien qu'elle meure un jour ou l'autre, comme tout un chacun, et tant qu'à faire, autant mourir jeune. Imaginez que je sois mort à son âge, en me faisant écraser, en me noyant dans le canal ou autre, est-ce que je m'en trouverais pas aussi bien que d'être là où je suis ? J'aurais une petite tombe, quelque part sous un arbre, avec un petit ange de pierre dessus, et les gens viendraient la fleurir en se rappelant le brave petit gosse que j'étais. L'existence est pas un cadeau tellement précieux à faire à qui que ce soit : boulonner sans arrêt, cuver ses gueules de bois, se laisser embringuer dans des bagarres, ruminer sa solitude, le manque de vrais copains à qui on puisse se fier ou seulement à qui causer — rien en tout cas que j'aie envie de recommencer si l'occasion m'en était donnée.

Et faut voir aussi l'autre côté de la question. Si j'avais été enterré tout gosse, y a un tas de saloperies et de vacheries que j'aurais pas pu faire. D'abord, la petite serait encore vivante, et d'une. Là, je me fais pas de cinéma : la plupart du temps, j'ai vécu comme les copains, pour le fric, en marchant sur la tête des autres, sans jamais rien faire de bien ni d'utile, rien d'autre que de rendre le monde dix fois pire qu'il était avant mon passage. Quand on y réfléchit, on se rend compte que ce qui peut vous arriver de mieux, à part être pas né du tout, c'est de mourir jeune. Mais s'ils m'agrafent et m'emmènent devant les juges, c'est pas ça qu'ils penseront, ils m'accuseront d'être un monstre sadique pour lui avoir ôté la vie. Alors qu'en fait, si elle avait vécu, elle aurait fini par tourner comme toutes les autres, par se dévoyer et se dévergonder, pour, à l'âge de vingt ans, devenir une pétasse idiote, coriace et mesquine, comme la plupart des femmes — sauf les nonnes, faut dire ; mais combien y en a, de filles, qu'ont assez de bon sens et de décence pour chercher à devenir nonnes ? Pas *elles*, elles sont toutes tellement pressées de *vivre leur vie*, alors elles se marient avec un maquereau imbécile qu'on voudrait même pas pour cirer ses chaussures avec, et passent le restant de leur putain d'existence à se colleter avec cinquante millions de capotes anglaises, ça, la cuisine, pondre des gosses, récurer par terre, faire des chichis dans les draps. En moins de deux, elles se rident, se déglinguent, prennent du lard et deviennent encore plus bêtes que lorsqu'elles étaient jeunes. Et jamais plus elles redeviendront moitié aussi intelligentes et gentilles que quand elles étaient petites filles. Et c'est *ça* qu'elles appellent *vivre*.

Je tiens pas à déchirer le petit livre, alors je reste un moment assis à regarder l'image de la couverture en me demandant ce que je pourrais bien faire. Finalement, je détache très soigneusement la page avec les choses écrites dessus et je repose le livre entre les manches du manteau, juste comme avant, ensuite de quoi je replace les affaires, les jouets et autres, le tout rangé comme il faut dans la valise que je referme. Je la hisse d'un coup de reins dans le filet et je sors mon briquet — celui en or que j'ai gagné en couchant avec cette vieille Louise, et j'allume d'abord la page du livre de prières. Le reste prend facilement et toutes les petites « Julia Weyman » se tordent et se recroquevillent dans le feu.

Comme ça dégage un peu de fumée, j'ouvre la fenêtre et, quand ça a fini de brûler, je verse le tout dans le journal et je le balance au vent. Elles disparaissent d'un seul coup. Après ça, je me rassois et je reste sans bouger, à regarder fixement la cloison d'en face, comme un vrai piqué.

Hé, là permettez ! Faut pas que je m'endorme, j'ai pas fini. Reste le corps lui-même, avec toutes les marques sur les affaires. Je suis repris de tremblote, à tel point que je dois m'appuyer contre le dossier du siège. Misère de misère, va donc falloir que je porte encore un coup les mains sur elle ? Y a pas, faut que ce soit fait. Alors j'étale une fois de plus mon morceau de journal par terre, je l'attrape par un bout de son chandail et je la tire à la lumière. Le visage est encore plus terrible qu'avant, maculé de poussière et rayé par une large brûlure rouge faite par les tuyaux de chauffage bouillants.

Les vêtements, ça pose un sacré problème, on s'en doute. Faut-il les enlever ou bien couper les marques directement sur elle ? C'est à quoi je me décide en fin de compte. Et c'est facile, vu que c'est rien que des affaires neuves, achetées une ou deux pointures au-dessus, qu'elle ait le temps de grandir dedans. Pour la jaquette et autres trucs, je suis forcé de la faire rouler sur elle-même.

Autre problème, ses sandales : là, le nom est marqué dans le cuir et ça va être coton de le découper. Qu'est-ce que je dois faire ?

Je suis là à me torturer le chou, quand le train siffle un grand coup et plonge dans un tunnel. D'un bond, je me lève et je les balance par la fenêtre. Dans le noir, elles devraient être perdues à tout jamais. Mais, avec la veine que je me connais, y a probablement une cinquantaine de gangsters en train de se taper tranquillement leur *five o'clock*, et les sandales vont pas manquer d'atterrir en plein dans la théière.

À présent, j'ai plus que les poches à vider. La première chose que je trouve, c'est un carnet rouge avec son nom dessus et, dedans, l'image de sainte Agnès que lui ont donnée les nonnes. Au dos de l'image, elles ont écrit : *Pour Julia, avec les bons baisers de Sœur Patricia et de Sœur Catherine*.

Sincèrement, je me dégoûte d'avoir à brûler cette image, surtout avec le briquet, cadeau de la vieille. Mais je peux rien faire d'autre, vu que c'est la pièce à conviction rêvée. Je me fouille, deux fois de suite, mais macache, pas une seule allumette sur moi, alors je me sers du briquet pour brûler sainte Agnès. Mais je suis pas fier de moi, il s'en faut.

Ça fait un effet bizarre de lui farfouiller dans les poches, et elle qu'a la tête tournée de l'autre côté, comme si elle avait honte pour moi et voulait pas me regarder opérer. Y a un petit mouchoir avec des fleurs tout autour et un porte-monnaie avec deux billets d'une livre dedans, une demi-couronne et une petite carte de visite avec son nom dessus. Après avoir brûlé toutes les marques, je remets le porte-monnaie dans sa poche. L'espace d'une minute, je me demande si je vais pas garder les deux livres, histoire de me rembourser sur les six que j'ai perdues hier soir. Non, c'est vrai, quoi, elle en aura plus besoin et, si ça revient à sa mère, elle fera que les gaspiller à boire ou pour Charles, enfin des stupidités de ce genre-là. Mais c'est vraiment par trop salingue, l'idée de voler son argent à une petite morte.

Et finalement, c'est liquidé : plus de poches, plus de vêtements à fouiller. Elle a encore une chaînette autour du cou, avec une toute petite croix et un médaillon, le tout en argent avec poinçon de garantie. Sa montre aussi, elle est de bonne qualité — dix-sept rubis, boîtier d'argent — qui colle exactement avec son genre : pas de boîtiers en fer-blanc pour les rupins, même pas pour leurs petits mômes. Y a son nom inscrit derrière, pas question de la lui laisser, mais tout de suite, en la lui ôtant, l'idée me trotte par la tête : garde-la il se peut que ça fasse drôlement ton affaire, si tu lèves un jour une poule qu'est pas bien décidée à marcher.

J'en deviens à moitié dingue, d'avoir pu penser une chose pareille. Dire que je viens juste d'assassiner une adorable petite fille parce que je suis un type bestial, et maintenant je suis prêt à lui voler ses affaires pour les donner à d'ignobles vieilles putes. De rage, *je la flanque par la fenêtre* sans même me rendre compte de ce que je fais. Et je suis pris du désir fou de me laver, de me nettoyer de toutes les saletés que j'ai en moi. Je repense à la vieille peau, sur le paquebot, et l'envie me prend de la mettre en bouillie mais, au lieu de ça, c'est la montre qu'elle m'a donnée que j'écrase d'un coup de talon et que je jette par la fenêtre. Tout y passe, l'épingle de cravate, le briquet, les boutons de manchette, l'étui à cigarettes. À grands coups de talon, je les mets en miettes, l'étui, je le casse en deux et les bouts de cigarettes voltigent à travers le compartiment. Et, tout d'un coup, j'aperçois les revues, sur la banquette, avec ces veaux qui s'étalent sur les couvertures, et ça aussi, ça me rend fou. Je les déchire avec mes dents et je les éparpille à travers le wagon en criant et en les injuriant. Si seulement je tenais la vieille chipie du kiosque, je lui défoncerais la gueule à coups de pied et à coups de poing, pendant qu'elle serait plantée là, avec son air idiot, au milieu de toute l'ordure, de tout le fumier empilé sur les rayons autour d'elle.

Et voilà qu'en plein ramdam, pendant que je suis à gesticuler en braillant et en poussant des jurons, quelqu'un frappe un grand coup à la porte.

— Qu'est-ce qui se passe, là-dedans ?

Je m'arrête, pétrifié de terreur, mes joues ruisselantes de larmes. Les stores sont tirés, donc personne peut voir, mais la petite fille est allongée par terre, exposée à la vue du premier qui entrera. Et là, je suis bon.

— Entrez pas ! je crie, en repoussant d'un seul mouvement le cadavre sous la banquette.

Dans un éclair, je vois ce que j'ai à faire : j'attrape une valise et, d'une secousse, je la descends du filet, je l'ouvre, je déboutonne mon pantalon.

— Qu'est-ce qui se passe ? beugle la voix et, en

même temps, on entend des gens marmonner et aller et venir dans le couloir.

— Rien, rien, je leur crie. Je change de pantalon, c'est tout.

— Alors, ouvrez… et la poignée pivote.

— Oh ! Soyez pas vache, je suis en chemise ! (J'ai déjà ôté le pantalon et c'est ce qui importe. Ils vont pas forcer l'entrée si je suis à moitié nu, surtout s'y a des femmes dehors. Je vais à la porte et je l'ouvre d'un centimètre.) Non, sans blague, je leur fais, alors on peut pas changer de froc sans qu'on vienne défoncer votre porte ?

Y a un contrôleur dehors et, derrière, un tas de vieilles binettes fripées qu'essaient de voir par-dessus son dos. Le contrôleur a l'air soupçonneux. Avec sa figure bouffie de graisse et violette de couperose, ça doit être sa nature.

— On a entendu crier, il dit.

— Je comprends, j'essayais d'écraser une guêpe qu'est entrée, je lui sors, avec un sang-froid qui m'épate moi-même.

— Une *guêpe* ! il fait, en me dévisageant d'un drôle d'air. Vous avez pleuré ?

— Et comment ! Vous feriez pareil si une guêpe vous piquait.

— Et où elle est, cette guêpe ? il insiste, en essayant de pousser un peu plus la porte.

Je maintiens l'écart à moins de dix centimètres.

— Partie, maintenant.

— Où est-ce qu'elle vous a piqué ?

Je commence à l'avoir sec :

— Où voulez-vous qu'elle vous pique, bon Dieu, quand on est en train de changer de pantalon ?

On voit bien qu'il marche pas. Il arrête pas de lorgner à droite et à gauche pour voir s'y a rien d'anormal.

— Le journal déchiré qu'est là, je lui explique, c'est avec ça que j'ai cherché à l'écraser.

Mais ça l'intéresse pas. Sa petite cervelle de cochon est occupée à mijoter on ne sait quelle vacherie. Subitement, il fait :

— Montrez voir cette piqûre, l'air pas peu fier de sa trouvaille.

— Écoutez, mon vieux, je lui dis en détachant distinctement chaque mot comme quand on veut expliquer quelque chose à un abruti, je suis planté là, en liquette, comme un foutu voleur de bétail, et si je vous montrais où la guêpe m'a piqué, j'écoperais de dix ans comme exhibitionniste. Et maintenant, faites-moi le plaisir de déguerpir, voulez-vous, et d'aller voir si on vous a pas fauché votre fourgon.

Je dois dire que ça le souffle. Son petit air « ça y est, je l'ai coincé » s'efface et toute la bande s'apprête à les mettre, quand je remarque un petit vieux qui reluque avec des yeux écarquillés quelque chose par terre, entre les sièges.

— Hé ! il fait, tout excité, qu'est-ce qu'il y a là, par terre ?

Tout le monde regarde l'endroit qu'il indique. J'ose à peine en faire autant, m'attendant à voir la main de la petite, son plaid ou je ne sais quoi, dépassant d'un kilomètre à la vue de tout le monde.

Le contrôleur rapplique plus vite qu'un yoyo, l'air d'un chien qui vient de trouver un os.

— Qu'est-ce que c'est ? il demande.

— Ça, là, croasse le vieux jeton, tous ces petits bouts de verre. Je parie que c'est encore un de ces feignants de propres à rien qui s'amusent à casser les ampoules dans les wagons de chemins de fer.

L'espace d'une seconde, je pige pas ce qu'il débloque, et puis c'est tout juste si je tombe pas dans les pommes de soulagement. Tout ce qu'il a repéré, c'est des petits bouts de verre de montre. Le contrôleur se penche pour se rendre compte. S'il a le malheur de baisser encore un peu la tête, il va voir la banquette et repérer le corps. D'un bond, je me plante devant lui :

— Tenez, c'est que des bouts de verre de ma montre que j'ai bousillée en me chassant la guêpe. (La trouille que je viens d'avoir m'a foutu en boule. Je lance un bon coup de gueule.) Et d'abord, qu'est-ce que c'est que ce genre ? Merde, alors, on croirait la Gestapo ! Ce culot, de forcer la porte et de venir me cuisiner comme si j'étais un criminel ou je ne sais quoi ! Allez, caltez, laissez-moi en paix. J'ai payé mon billet, alors j'ai le droit d'être tranquille.

Rien de tel que de jouer l'innocence outragée, ça prend à tous les coups. Ils décollent et se trottent dans le couloir en marmonnant des excuses. C'est marrant, mais bien que tout le monde le fasse, ce truc, prendre l'air choqué et bouleversé quand, en fait, on est pas autre chose qu'un salingue et un escroc, bien que tout un chacun le fasse aux autres, chaque fois qu'on leur fait le coup à eux, ils arrivent jamais à voir à travers.

Après qu'ils sont tous partis, je remets mon pantalon et je m'allonge sur la banquette et je reste là une demi-heure sans pouvoir m'arrêter de trembler. Quand je pense que j'ai été à deux doigts de me faire prendre, ça me reprend pire qu'avant, mais faut que je tienne bon, que je m'accroche aux branches et que je laisse entrer personne tant que je serai là. Une fois à Londres, je descendrai calmement, sans me presser et, dehors, je prendrai le bus ou le métro. *Le métro, c'est mieux*, on risque moins d'être repéré. Je passerai une heure à circuler là-dedans, histoire de dépister les flics. *Pas de taxis, surtout*, les chauffeurs sont trop marles, et ils vous balancent après coup aux poulets. Et après avoir tourné en rond comme ça un bout de temps, j'aurai plus qu'à regagner le bord à pied, et adieu.

Y a tout de même un risque. De se faire piquer, je veux dire. À l'escale de Gib[1] on aura les journaux anglais et pouvez être tranquilles que mon portrait-robot sera placardé partout en première page, avec ma description en dessous. C'est pas qu'y ait grande chance qu'on me reconnaisse d'après ça — ils ont jamais ressemblé à aucun être humain qu'ait jamais existé, ces machins-là — mais ce sacré bout de sparadrap qui me décore la figure, c'est le balançage garanti.

À vrai dire, c'est facile à arranger. À la première

1. Gib : Gibraltar.

pharmacie que je rencontre, j'achète un crayon d'alun. Après quoi, je mets un penny dans la fente des toilettes, j'arrache le sparadrap, j'arrête le sang avec le crayon et, d'un coup de peigne, je cache la blessure. De cette façon, personne me reconnaîtra d'après le portrait.

Et quand les copains de bord me poseront des questions, j'aurai les réponses toutes prêtes. Je nous vois d'ici, dans quelques jours, assis en rond sur un coin de pont. L'un d'eux lève les yeux de l'article sur le meurtre de la petite fille :

— Mais dis donc, t'y étais pas, toi, dans ce train, quand t'es venu rattraper le bateau ?

— Jamais de la vie, je leur dis. C'est un camion qui m'a pris en stop. On a roulé toute la nuit. Et ça m'a pas coûté un rond.

Ça sera pas difficile de les dépister. Selon eux, les types qui s'attaquent aux petites filles, ça peut être que des cinglés. Ils me soupçonneront pas *vraiment*. Ils me connaissent assez pour savoir que je suis normal.

Et tous en même temps : « C'est une honte et une dégoûtation. » Et puis : « Qu'est-ce que je lui passerais si je le tenais, le salaud ! »

Je dirai comme eux :

— J'aurais voulu *y être* dans ce train, tenez ! je leur dirai. Il aurait connu sa douleur, ce mec ; je te vous l'aurais passé par la fenêtre et tenu par les talons de façon que sa tête, elle rebondisse sur toutes les traverses de la voie pendant quelque chose comme trente-sept kilomètres.

Et après l'avoir châtré avec des lames de rasoir rouillées, on passe à la pin-up de la page suivante et on commence à lui ôter son bikini avec des « aah » et des « ooh » et tout le détail de ce qu'on aimerait lui faire.

Déshabiller une fille comme elle, ça va. Ça a rien de cochon. On peut dire tout ce qu'on veut sur son compte, c'est plus une petite môme, elle a passé seize ans. C'est marqué sous la photo.

Quand même, ce qu'ils peuvent me dégoûter, tous ces torchons ! Hypocrites que c'en est pas croyable. Ça traite de « dépravé », de « dangereux sadique » une pauvre brebis égarée, et en première page encore, alors que tout le reste du journal est bourré de trucs propres à faire un satyre d'un ange du bon Dieu. Femmes à moitié nues, caricatures ordurières, révélations de taille à ébranler le monde sur la grosseur des nichons des stars, affaires de divorces, articles écrits par des faux jetons à la cervelle tordue qu'ont été mariés quelque chose comme dix-sept fois et qui viennent vous dire que c'est vieux jeu d'essayer de se conduire proprement ou de rester fidèle à la même femme toute sa vie.

Vous savez ce que je ferais, moi, si j'étais à la tête du pays ? Vingt dieux ! qu'est-ce que je passerais, comme lois ! Tous ces mecs qu'ont fait leur pelote en vendant leurs cochonneries, je te les ferais tous couper, comme les chiens et les chats quand ils deviennent insupportables. Et je leur ferais payer des dommages-intérêts : dix mille livres à toute femme molestée par un de leurs lecteurs. Et l'agresseur écoperait d'autant. Et je ferais un tas de tous les bouquins cochons, de toutes les revues, de tous les films pornos et, tout en haut de la pile, je collerais tous ces politiciens trop vicieux pour faire correctement leur boulot, et j'y foutrais le feu en plein Trafalgar Square.

Et après, au moins, le pays serait nettoyé, et les parents pourraient élever convenablement leurs enfants, les envoyer à l'école chez les nonnes, et d'abord y aurait que les familles reconnues propres et honorables qu'auraient le droit d'en avoir, des enfants…

À propos de nonnes, je me demande où elles sont, celles de tout à l'heure. Chez elles, je suppose, au couvent ou en train de prier à la chapelle, probable. Peut-être qu'elles prient pour Julia, pour ses parents et pour l'autre rombière. Je me demande ce qu'elles diront en apprenant qu'elle a été assassinée. J'espère qu'elles prieront pour moi aussi. Tantine Joan, probable qu'elle aussi elle pense à la petite fille, à sa mère qui vit avec Charles, pendant que son propre mari fait le coq avec tous les jupons qu'il rencontre. Comment une femme comme elle a-t-elle pu s'amarrer avec un tocard pareil ? Pire que ce vieux Roderick, il est. Et celui-là, je parie qu'il doit drôlement se faire tartir, à l'heure qu'il est, d'avoir écrit cette foutue lettre. Je le vois d'ici en train de marner et de suer sang et eau… Non, pas lui, pas ce vieux Rod. Trop ficelle pour travailler longtemps de ses mains. Dix contre un qu'il doit maquereauter une veuve sur le retour, quelque part.

Peut-être même qu'il se farcit cette bonne vieille Louise. S'il peut supporter son odeur. Pour ce qui est de George, c'est l'heure où il doit rentrer du pub, saoul perdu, pour déjeuner. Et, à sept heures pile, il sera de retour au pub. Doreen et Pat ? Jusqu'au cou dans la vaisselle et la marmaille hurlante, avec leurs maris qui vont pas tarder à rentrer ronds comme des saucisses et vont leur filer la tatouille en beuglant après les mouflets. Y en a deux à moi, les aînés des deux familles, un garçon et une fille. Je manque jamais de leur donner une demi-couronne quand je suis à terre. Ils m'appellent jamais Papa, je dois dire. Oh ! misère, ce que je peux en avoir marre, de la vie !

La tête dans les mains, en repensant à tout ça, à celle qu'est là toute seule, sous la banquette, et dans quel état j'ose même plus l'imaginer, et pour rien au monde je pourrais la retoucher, les larmes me viennent aux yeux. Décidément, mieux vaut en finir une fois pour toutes. La vie, elle vaut pas la peine d'être vécue.

Je descends ma valise et je prends une lame de rasoir dans le paquet. Suffit de tailler un bon coup en travers du poignet, jusqu'à l'os, en tranchant les artères, et on se vide de tout son sang. C'est tout, et après, fini, plus rien, que la nuit. Je suis assis, un poing serré, la lame dans l'autre à me répéter : « Vas-y, taille, taille. »

Je regarde la lame et, tout d'un coup, je me mets à trembler comme une feuille, alors je la lâche, de crainte de me taillader le poignet accidentellement.

Et puis je me remets à pleurer parce que je me rends compte que c'est le bouquet, la fin de tout. Moi qui vomis l'existence à tel point que j'ai qu'une envie, mourir, et pourtant j'ai même pas le cran d'en finir. Et, pour la première fois, je réalise que je suis pas autre chose qu'un esclave, un pauvre type qui continue de vivre uniquement parce qu'il peut pas s'en empêcher.

Déballé comme je suis, je me dis quand même que ça profitera à personne de me laisser cueillir. Faut que je m'en sorte, faut *absolument* que je leur échappe. Mais pour aller où ? Retrouver quoi ? Tout ce que je déteste : le bateau, les matafs ! Aller reprendre ma place au milieu de tous les autres hypocrites. Je sèche mes larmes, je m'essuie la figure et je me lève. Puis je brosse avec la main mon complet imbécile, je rajuste ma cravate imbécile et je peigne mes cheveux imbéciles devant le verre d'une photo de falaises du pays de Galles. Je refais encore un coup le ménage. Mais une idée me tracasse… en repensant à la façon que je me suis démené pour qu'on puisse pas identifier la petite… à bien réfléchir, je suis pas plus avancé qu'avant. On doit l'attendre à la gare et, en la voyant pas, son nom va être placardé partout… et dès qu'on la retrouvera, ce qui tardera pas, on saura tout de suite que c'est elle. Ce que j'ai pu être couillon, de me donner tout ce mal pour rien ! Mais c'est ces conneries de romans et ces revues avec leurs combines à la manque qui vous foutent dedans. Cette bonne femme du kiosque, je la…

D'accord, mais au fond ça m'a occupé la cervelle. Rester là, les bras ballants, avec la gosse là-dessous, je crois bien que je serais devenu dingue. Et puis, je perds mon temps ; ce qui est fait est fait et on y peut plus rien. Allons-y. Je boucle ma valise soigneusement. Et me voilà prêt.

Reste le problème de descendre du train. Il est certain que je peux quitter le compartiment qu'à la dernière minute, quand le train sera complètement arrêté. Si je cavale comme un zèbre avant tout le monde, je serai tout seul sur le quai et, forcément, on va me remarquer. Mais, d'un autre côté, si je reste à lambiner un peu trop longtemps, je risque de revoir le contrôleur quand il fera sa tournée pour ramasser les objets oubliés ou perdus. Alors, le meilleur moyen c'est, dès l'arrêt du train, d'aller jusqu'à la porte, attendre qu'il y ait un peu de monde sur le quai et filer vers la sortie sans demander mon reste. Rien qu'à cette idée j'ai l'impression d'étouffer et j'ai le cœur qui se met à battre avec une telle violence que j'ai plus qu'une envie : m'allonger et fermer les yeux. Mais le train est entré en gare, on est arrivés. Il roule au ralenti, martelant sourdement les rails, et les haut-parleurs commencent à brailler, les portes claquent, les gens s'interpellent. J'attrape ma valise et je sors dans le couloir. Des voyageurs se ruent dehors en trimbalant leurs bagages.

Dehors, juste devant le wagon, je vois une poulette en blanc avec un chapeau noir, accompagnée d'une espèce d'énorme brute. Elle court devant le wagon en criant « Julia ! ». Je recule dans le compartiment pour pas être vu.

— Charles ! elle crie. Tu la vois ? Joan avait bien dit le troisième wagon en partant de la tête du train !

J'en reste pétrifié, puis je recule, me prends les pieds dans ma valise et me cogne contre la cloison. Ils se rapprochent tous les deux, regardant par les fenêtres, tapant sur les carreaux. J'attends qu'ils se soient un peu éloignés de moi pour détaler quand, soudain, Mme Weyman montre quelque chose du doigt :

— Tiens, regarde, ce n'est pas sa valise, là, dans le filet ? Montons la chercher.

Et, avant que j'aie eu le temps de bouger, les voilà qui grimpent dans le wagon. J'ai même pas la force de m'écarter et ce vieux Charles me marche sur les pieds.

— Oh ! pardon, il fait, d'un ton vachement mondain, et l'air à moitié dans la vape, ses cent dix kilos pesant de tout leur poids sur mes nougats.

Complètement noir, il est. Au passage, ils me serrent contre la cloison et je prends une bouffée de son parfum, mélangé à l'odeur de tabac et au gin qu'ils ont sifflé au buffet en attendant le train. Charles, c'est ce vieux Roderick tout craché : costaud, bel homme, l'air idiot. On voit dans ses yeux qu'il s'en moque bien, de la petite Julia ; tout ce qui l'intéresse, c'est de se retrouver seul avec la mère et de reprendre la séance là où il l'a laissée. Mais ses yeux à elle brillent d'un éclat intérieur à l'idée de revoir sa petite fille, de pouvoir la prendre dans ses bras, de l'embrasser, d'écouter son babillage, les belles vacances qu'elle a passées et comme elle s'est bien amusée pendant le voyage. Devant la gare, y aura une voiture et, quelque part dans les faubourgs, une grande maison et là-haut, dans la chambre de Julia, son lit qui l'attend, frais et tiède, la couverture rabattue, du soleil plein la pièce et des petits lapins et toutes sortes de choses brodées sur les draps.

Que Dieu me pardonne, personne d'autre le fera jamais.

Une fois sur le quai, je me force à marcher tranquillement, d'un pas assuré, à la même allure que les autres voyageurs. Ça doit faire le même effet quand on cherche à fuir un type qui vous poursuit avec un revolver ; on ose pas courir ni se planquer, mais on sent le canon braqué sur sa nuque et, à chaque seconde, on attend l'impact de la balle qui va vous faire exploser la tête. Devant le portillon, y a un petit attroupement et, en voyant les gens devant moi ralentir, je me retiens de toutes mes forces de foncer dans le tas, à coups de coude, de valise, à coups de pied et de détaler comme un perdu. On est tous là à traînailler, en avançant comme des tortues et se talonnant les uns les autres, serrés comme des sardines, et j'arrête pas de fermer les yeux en tâchant de respirer à fond une bonne fois, sinon je sens que je vais suffoquer.

— C'est lui, me glapit une voix en plein dans l'oreille, c'est lui ! Ne le laissez pas filer !

Mon cœur s'arrête pile. Une grosse main m'empoigne le bras. Je vois l'uniforme et je me sens plus capable d'autre chose que de tourner doucement de l'œil et de crever sur place. Je suis fait.

— Excusez-moi, monsieur, fait l'uniforme, et je me rends subitement compte que c'est pas la police, mais seulement un contrôleur.

Il fait signe aux deux femmes qui sont plantées à côté de lui. C'est la mère Tas-de-Sable et sa pote au visage criblé de petite vérole.

— Cette dame, dit le contrôleur en désignant la bonne femme au journal (une dame !), cette dame croit que vous pourriez avoir ramassé son porte-monnaie qu'elle avait laissé dans votre compartiment.

— *Croit !* braille la vieille toupie. J'en suis sûre, vous voulez dire. Je n'ai pas plus tôt vu cet individu que je me suis tout de suite méfiée de lui.

L'autre idiote, sa copine, débloque à tout va de son côté, pendant qu'un troupeau de crétins commence à s'amasser autour de nous et à nous dévisager.

Qu'est-ce que vous auriez fait, à ma place ? Rien. J'ai les jambes en coton et je me sens trop dégoûté même pour dire à cette vieille peau d'aller se faire voir. Je suis pris d'une vague envie de l'étrangler, de voir ses yeux jaillir de leurs orbites, de lui défoncer sa vieille tronche grimaçante, toute fripée, avec quelque chose de dur et de lourd, de m'asseoir tranquillement sur sa poitrine et, à coups de marteau, de la réduire en bouillie. Pourquoi faut-il que ce soit cette adorable petite fille qu'ait été tuée et pas cette vieille bique qu'est tout juste bonne à balancer sous le train? Si elle avait tenu sa promesse, si elle avait pas été si feignante, si égoïste et si malhonnête, rien de tout ça serait arrivé. La petite Julia serait en train d'embrasser sa mère en riant, et moi en train de bagotter pénard, sans un souci en tête. Entre nous, qu'est-ce que ça rapporte, le sexe? Deux minutes de gigue et l'écœurement pour le restant de vos jours.

Ils sont tous là, à me dévisager.

— Un porte-monnaie? je marmonne, stupidement.

— Parfaitement elle bêle, un porte-monnaie. Allez, rendez-le-moi tout de suite. Pas la peine de jouer les innocents.

— L'avez-vous, ce porte-monnaie, monsieur? me fait poliment le contrôleur.

— Bien entendu qu'il l'a, tranche la vieille taupe. Qui voulez-vous que ce soit d'autre?

Là-bas, dans le wagon, la petite Julia est allongée tranquille, sous la banquette, pendant que sa mère farfouille partout à sa recherche. D'un moment à l'autre, je m'attends à ce qu'éclate le hurlement affolé de Mme Weyman et, dès lors, il s'agira de bien autre chose que d'une histoire de porte-monnaie. Et dire que cette vieille folle vient nous casser les pieds avec ses quatre sous!

L'espace d'un instant, la peur me quitte; j'ai plus qu'une envie: me conduire proprement, aller retrouver la mère de Julia et lui dire: «Vous ne saurez jamais à quel point je regrette mon acte. J'ai tué votre petite fille. Faites tout ce que vous voudrez de moi. » Et je resterai planté là, comme sainte Agnès, prêt à encaisser mon dû. Si encore j'avais affaire à une des deux bonnes sœurs ou à la tante de Julia — qui m'a l'air de quelqu'un de bien — probable que j'aurais pas hésité. Mais je repense à la conduite de sa mère, qui s'en va coller sa môme au premier venu pour pouvoir putasser avec cette espèce de grosse larve, et je me rends compte que, si elle avait pas agi de cette façon-là, la petite Julia serait pas venue se faire assassiner dans le train. Je me dis aussi que ces vieilles peaux vont se pâmer de joie et s'égosiller à crier : « Je l'avais bien dit ! » et tous ces porcs et ces imbéciles heureux qui nous entourent vont me sauter dessus à coups de pied et de poing et me cracher à la figure. Pour bien prouver que je suis unique dans mon genre, pour racheter *leurs* saloperies avec *ma* vie. Tout ça me traverse la cervelle en un éclair, et je sais du même coup que je le ferai pas et qu'il me reste qu'une solution : fuir. Mais plus du tout par peur, simplement parce que c'est pas juste et que ça a jamais été l'intention de Dieu qu'un criminel soit jugé par des gens aussi criminels que lui.

Cette idée me redonne courage.

— Moi ! Je l'ai jamais vu, votre foutu portemonnaie, je lui dis.

— Alors, vous permettez qu'on vous fouille ?

En une seconde, je réfléchis : non, j'ai rien d'elle sur moi, et le mieux, c'est d'en finir tout de suite.

— Allez-y, je lui dis.

— C'est ça, c'est ça, bêle le vieux chameau. Allez-y, fouillez-le. Ayez pas peur, vous le trouverez. Ce genre de fripouilles, c'est derrière les barreaux qu'est leur place. Voler l'argent des honnêtes gens !

Parlez d'une transformation, les poings sur les hanches, beuglant comme une harengère, son accent distingué et son parler chichiteux envolés tout d'un coup.

La situation devient vachement délicate, mais qu'est-ce que je peux faire ? Détaler ? Je ferais pas trois pas avant qu'ils me harponnent, qu'ils appellent les flics, qu'on trouve le corps et la corde au bout. Rester là, et ils vont me retenir tellement longtemps que l'équipe de nettoyage va la trouver, appeler les flics, et résultat idem. Deux ou trois crétins quelconques m'ont empêché de fuir. Et maintenant, deux douzaines de gloutons aux yeux en boule de loto vont me voir pendre.

Et voilà que la bonne femme sursaute, sa bouche s'ouvre comme un passe-boule, montrant ses fausses dents. Elle porte une main à sa poche, au ralenti, comme terrifiée à l'idée de ce qu'elle va y trouver. Elle tapote timidement le bras du contrôleur et bredouille :

— Je suis tout à fait désolée… le porte-monnaie… Je l'avais là, dans ma poche… complètement oublié…

La foule se disperse. La main lâche mon bras. La voie est libre. La tête me tourne.

— Toutes mes excuses, monsieur... commence le contrôleur.

— Ça va, je lui dis, en m'éloignant dare-dare.

Mais ça va pas du tout, j'ai pas envie de laisser ça là. J'ai envie de rattraper la vieille, la dénoncer, la traîner en justice pour diffamation et la voir passer sur le gril pour tout ce qu'elle a dit de moi. Mais j'ose pas, je risque trop. Dans un an, peut-être bien, quand personne pourra plus rien prouver contre moi ; je suis capable d'être tout aussi vache que le copain, mais pour l'instant faut que je joue le monsieur correct.

Je me retourne, l'espace d'une seconde : je les vois, tout petits, là-bas, sur le quai. Mme Weyman est en train de questionner fébrilement le contrôleur à tête de prune confite, flanquée de Charles qui tient la valise et qu'a l'air d'un gros citron.

C'est affreux de penser des trucs de ce genre à un moment pareil, mais j'y peux rien, c'est vrai qu'il ressemble à un gros citron. Les autres aussi, d'ailleurs, à bien réfléchir. George, ce vieux Rod, sa mère et son dab — tous. Mais c'est cruel de se moquer de ce genre de gens, c'est comme si on riait d'un aveugle, alors qu'on devrait les plaindre. Aucun de nous n'a envie d'être moche, on est seulement stupides. On tourne mal parce qu'on sait pas, personne nous a appris à bien nous conduire. Au fond, on est tous pareils, de pauvres petits enfants perdus dans le noir.

Devant la gare, je repère un taxi libre. Je saute dedans, je lui lance une adresse quelconque, peu importe. Dans cinq minutes, je descends, j'attrape un bus, puis un autre taxi, puis un bout de chemin à pinces, et ensuite un autre bus. Dans deux heures, je serai à bord. Dans deux jours, au large de la baie de Biscaye.

FIN

DU MÊME AUTEUR

Aux Éditions Gallimard

LONDRES EXPRESS, 1967 (Série noire nº 1136 et Folio Policier nº 236)

Composition Interligne.
Impression Société Nouvelle Firmin-Didot.
à Mesnil-sur-l'Estrée, le 15 novembre 2001
Dépôt légal : novembre 2001.
Numéro d'imprimeur : 57400.

ISBN 2-07-042096-5/Imprimé en France.

5211